青春關不住

廖玉蕙・林芳妃◎主編

編者序

人生緣會

◎廖玉蕙

新近，我接受幼獅文化公司的邀約，和我的學生林芳妃合作編輯給中學生閱讀的散文集《青春關不住》，出版公司編輯部很用心的針對學生需求策畫，將主題聚焦在學生的人際互動上。由我來選文並寫一篇總論；芳妃負責寫每篇文章的賞析。這樣的合作模式已行之有年，滿受到讀者的歡迎，主要是芳妃很盡責，不但很能領略作品的精髓所在，又有一支健筆可以準確鋪陳，讓文章的亮點盡出。

這回，和編輯部確定主題後，我開始針對預設的主題搜尋近年來的閱讀，又去網購了些新書來看，經過再三斟酌後，逐篇寄去給芳妃。其中，有一篇非常精簡的短文，是胡晴舫去年出版的《無名者》中的一篇〈路易和他的棒球帽〉。芳妃收到文章後不久，寫信來坦承一下子沒找到文章與少年人際的關連性，自嘲有點跟不上節奏；意思是她想不出來這篇專寫老人的文章和少年的人際關係聯結在哪裡。

晴舫那篇寫路易的文章約莫才一千三百字左右。文章敘述她在美國住進一幢帶有花園的大樓，住戶多半是老年人，需要有人幫忙搬行李、提重物。「大樓每層樓的垃圾箱每日清除兩次，分類垃圾總會及時送走，電子鏡子明亮懾人，大堂地板光潔無瑕。」全仗其中有位名叫路易的快七十歲的男人打理。路易長年戴著棒球帽，住在大樓地下室，雖然敬業，但從對話中，知道他智能不足，無法和人正常互動，常常答非所問且行蹤飄忽，像大樓裡的一枚幽靈。其中一位史太太，曾經因為無法及時找到路易幫忙，氣極敗壞嫌路易做事不俐落，而揚言該讓他退休了。

文中，有三處讓我印象深刻。一次是作者去地下室取腳踏車，意識到路易就住在他正擦拭著門把的那扇大門後，就像《歌劇魅影》裡的男主角住在歌劇院地下湖一樣。她一時衝動，問他在地下室住了多久，沒期待他會回應，「但路易的眸子像停滯已久的機械裝置突然噠噠轉動，明顯聚焦在我臉上。」一向不善言辭的路易還認真回答了晴舫的提問，雖然也沒能切中問題：「喔，媽媽說，路易，你要工作，你要工作養活自己，你去，你去那棟公寓，他們有份工作給你。我就來了，我工作，我養活自己。媽媽叫我，我就做。」那種熱切的回應，說明了再怎麼樣心智不成熟的人，也是有被關懷的渴慕；而面對胡晴舫難得的關心提問，路易所顯示的「眸子轉動」和「聚焦」，讓人好心疼，顯示平時真的太少人去關注他這個「人」，卻只是不停求全他的工作。

接著，晴舫寫一次她回應史太太的抱怨去找路易，結果在大樓前面花圃找到。路易正汗涔涔的幫剛種下的鬱金香花苞包上草蓆，她才想起「因為天氣預報周末要下雪。」對天真的路易而言，眾生是平等的，大樓中的人與物，重要性是無分軒輕的。下雪天快到了，花苞的包紮保護一如人的生存，都是大樓完整存在的意義，美觀健康的存在，是無分物我的。

最後，我想到同樣高齡卻需要路易服務幫忙的史太太，對下人予取予求，一刻不見了路易，馬上想到的是自己需求的被剝奪，想到的是路易不適任，沒想到的是大樓裡的事務龐雜，路易是不是分身乏術？

我回應芳妃的提問，說人際關係的第一要務是看見，然後才是同理。這個故事看似說得很少，欲語還休，其實千言萬語藏在其間。我真心希望學生能在閱讀之後，學習到關心弱勢，輸送溫暖，且以同理心寬諒別人。而我之所以對這篇短文特別有感，也是有特殊的因緣。芳妃聽到我跟她敘述的因緣後，寫信來說：「果然如老師所說的，你讀見什麼，和你經歷過什麼、內含什麼，有很大的關係。人生的層次夠多，看待事物才能深入。」那當然是謬讚之詞，但人生閱歷有助於詮解文學倒是不爭的事實。我跟芳妃細說的那段人生緣會是這樣的：

我的二姊罹癌三年，最後幾個月，姊夫雇了個外籍看護Wii照顧她。

二十六歲的Wii，有一張好圓的臉，常常露出甜美的微笑。有一點笨手笨腳，偶爾會跟不上節奏，二姊夫有時恨鐵不成鋼，罵了她；二姊總護著她，說她年紀輕，沒那麼能幹也是理所當然。這時，姊夫就會恨聲罵二姊：「你就會護著她，都是被妳寵壞的。二十六歲有多小！她的孩子都五、六歲了。」這時，Wii通常是露出驚惶的表情，滿眼是淚。事後，她總不忘跟二姊道歉。二姊心疼她，安慰她：「爺爺脾氣不好，他求好心切、有口無心，妳別怪他。」。她總回說：「不會怪爺爺，他罵我沒關係，連累奶奶被爺爺罵，我捨不得，也覺得很對不起奶奶。」二姊和我都很喜歡她的純真善良，我因此知道她已婚，有個小男孩。

我每次回中部，都設法把姊姊迎回老家，Wii當然跟著來。她不擅長做飯，但會負責洗菜、洗碗。因為我只顧著殫精竭慮做飯給姊姊吃，希望她能吃些可口的飯菜，增添營養，以儲備抗癌的資本，除了偶爾給Wii一些小費外，就沒對她有進一步的關切。

二姊臨終前的某一晚，陷入昏睡。Wii和我對坐在病房的一隅。因為病房小，和Wii近距離接觸，也沒其他的事干擾。我一時不知和她說些什麼，就問她有沒有隨身帶著她兒子的照片？先生長什麼樣？在昏暗的燈光下，她的眼睛陡然閃起了亮光。她飛快取出手機，滑呀滑的，就亮出丈夫和小朋友的相片來。一大一小的男子都相貌堂堂，小朋友的五官分明，眼睛炯炯有神，我由衷讚美：「怎麼長得這麼帥，像小王子一樣。」她笑得眼睛都瞇了。我接著問她：「妳到臺灣來，小朋友由誰照顧？」她回說婆婆在家裡開了雜貨鋪子，先生上班時，婆婆可以照顧。「雜貨鋪賣些什麼呢？」她的語言還無法順暢表達，乾脆在手機上滑出雜貨鋪的照片，客氣地說：「很小、很小的店。」我一看，是個家庭型的小鋪子，賣些毛巾、牙膏、米、生力麵、餅乾……之類的。我還問她原生家庭做什麼的？父母還健在否？除了丈夫和孩子，婆家還有些什麼人？她都很開心的一一用手機裡儲存的照片來回答，應證了一句網路語言「有照片、有真相。」

那夜，她還說起她的理想，最終想拿在臺灣賺的錢回印尼去蓋一幢屬於小倆口的房子。她說這話時，臉上露出非常燦爛的笑容，整個人煥發出奇異的光彩。「我想把房子蓋在娘家附近，我先生想跟她媽媽住近一點，這一點我們還沒有商量好。」說到這，她隨即紅著臉羞赧地說：「其實，賺的錢距離買房子還早得很哪！」我看著、聽著，忽然覺得慚愧。姊姊病了，到後期可以說已然自顧不暇，而我們一心一意注視著病人的一舉一動，希望Wii好好對待姊姊，教她必須這樣，應該那樣，總是著眼於她對姊姊照應的周全與否；而她花那麼大的心思照顧我的家人，我卻對她全無所悉，也從沒企圖理解。這個長期對我姊姊悉心照料的人，她萬里投荒到臺灣來，我們有沒有回報她同等的關心？

看到晴舫寫路易，讓我不期然想起Wii。Wii就一如努力工作的路易，晴舫的文章看似三言兩語，其實既深情無限又棉裡藏針。憑良心說，Wii侍奉二姊算是很盡心了。所有與二姊夫的扞格，大部分是溝通不良及習性不同所致。二姊過世後，Wii哭得好傷心。沒多久，她又被仲介轉介去一位重病的老先生家裡。臨走前，我偷偷塞給她一些錢，她握著我的手，哭得更厲害。

其後，我數度打開手機，看著電話簿裡她的手機號碼，怔忡了些時日，躊躇著，終於在一個午後撥出去。電話中，她輕聲報了平安，但聲音哽咽。我說：「等哪天妳放假，我去接妳回來聊聊。」她在電話那頭開心地謝謝我。

但現實總是殘酷，我忽然想起Wii剛來沒多久，二姊曾在門口看到一位婦人在門口探頭探腦，問起來，原來是很關心Wii的前雇主尋來，要送她一些自家種的瓜果。二姊感受Wii被老東家疼惜的歡喜，欣然迎賓；卻在夜裡與居住加拿大的女兒的視訊中被嚴正警告：「媽媽！你們年老體衰，不該讓陌生人隨便進來家裡，這樣很危險的。防人之心不可無，不怕一萬，只怕萬一。」二姊雖然深不以為然，卻也迫於現實，悵然禁止Wii和前雇主繼續聯繫。

如今，我似乎要重蹈覆轍了。但我沒死心，躍躍欲試，與親友聊起，馬上有人警告我：「妳不要跟她聯絡了吧，有些雇主對前雇主的關切會感到困擾的。」大家甚至都勸我：「也許讓她安心照顧新雇主才是對她最好的關心吧。」而說實話，我是有些膽怯的，我得跟新雇主聯絡，才能知道Wii的確切住址，但是，如果她的新東家給我碰一鼻子灰呢？到這年紀來，我雖然算是閱人多矣，但對未知的反應，仍然相當忐忑。加上我們回臺中常常是隨興的行程，彼此的時間該如何配合？……就這樣，我搔首踟躕著、拖延著，半年忽忽就過去了。午夜夢迴，我老揣想著，Wii會不會仍在痴痴等候著我實現半年前的諾言？而我也還是不斷地質疑：「人生的緣會真的只能是這樣嗎？」

這樣兩難的體悟，讓我決心編選出一本體貼溫暖的書，讓正青春及已過青春期的作者，現身說法，寫出他們年少時期或目前正遭逢的困惑及解決之道。除了文本及賞析之外，文後還逐篇撰擬文本所延展出的相關問題三則，提供師生共讀時討論及延伸思考之用。

目錄

最初的夢——記我年少時的朋友秋

宇文正

從中華商場如何走到重慶南路？我這個方向盲，一生有半生時間在找路。我找不到那已拆除的商場，一如我找不回與秋相處的時光。

我常常想起這個畫面：我們一票同學走在中華路的天橋上，後來我和秋脫隊了。星期六中午，大家在商場吃過牛肉麵，有人嚷嚷著去J家玩吧。J有一頭咖啡色的頭髮，戴金框眼鏡，她的制服都是量身訂作的。路上，她跟秋拌嘴了，突然嘴一抿：「那我不要請妳去我家了啦！」秋冷冷地說道：「我又沒有說要去！」J一臉受傷的表情。秋放慢腳步，我跟著她放慢腳步，我們就這樣漸漸地脫隊了。

我們轉身默默走了一段路，突然一起放聲大笑，一路走到了重慶南路。秋在一個書攤前跟老闆聊起來，很熟的樣子。她拿起《大亨小傳》放我手上：「這本好看！」那時我老讀《紅樓夢》、《飄雪的春天》什麼的，對西方文學全然陌生。

秋也讀《紅樓夢》。她給我的信中寫過：「寶哥哥曾經是最痴迷執著的人，在書末仰面大笑而去的時候，竟已由至情而成無情！遍歷人世諸般滄桑，豈能不『死』?而重歸頑石的心性……」今日讀來這些「老氣橫秋」的話，在當時卻是震撼我心的。我們天天見面，卻還寫信，女孩子就這樣。秋是個沉默的人，卻喜歡寫信。高二時班上玩過「小天使」遊戲，就這麼巧，她抽到我的名字，當我的小天使。小天使立刻寫信來打招呼：「小雯雯，今天看妳打出一個仰天大呵欠……」故意假裝小學生的幼稚筆跡，我一眼便認出——她的字本來就很幼稚。

我們周末有時在中正紀念堂遊蕩，對面有家小亨利西餐廳，從黝暗玻璃窗看進去，只見得到暖暖的光暈，看不見裡面的人。我開始向報社投稿，遠遠指著小亨利：「如果登出來，第一筆稿費就請妳來這裡吃冰淇淋！」那是我們唯一一次進入這家對我們來說有點奢侈的西餐廳，我倆各點了一客漂亮的聖代。我的寫作夢，或許就從這個聖代開始的吧？

秋是我人生裡的第一個讀者。有一年採草莓，中午在大湖雲莊午餐，點一客好大的草莓聖代，一家三口分著吃。我想起那年與秋的小亨利之約，跟兒子說這個故事。

「妳那個朋友呢？我怎麼沒有見過？」

「她過世了。」兒子愣住了，「我出國念書那年，她跟全公司同事去花蓮旅行，旅館發生瓦斯外洩，一群人集體中毒意外過世。」

我人在國外，當時並不知道這個消息。但我的信秋沒有回，聖誕節，我又寄了卡片給她，卻是收到她姊姊的回信。人在異國，秋的臉不斷浮上心頭。她的側面很像當時軍訓課本上畫的持槍示範女生，那時每次軍訓課打開課本，同學們私下便竊竊笑說：「阿秋在上面！」我也想起她姊姊。她老姊念北一女，有點兒胖，一副脾氣很壞的樣子，也可能是看不慣秋整天晃來晃去毫無目標、效率，見到我們都一個德性便也沒什麼好氣。她老說秋是怪胎，但我們都覺得她看起來緊張兮兮的才奇怪。後來秋的老姊考上臺大心理系，她對秋說：「我學心理學，第一個就研究妳！」

第一次去秋家時，我問她：「妳家做什麼的？」「我家賣雞蛋。」我咯咯笑個不停，心想哪有人開店光賣雞蛋的，「總有賣點別的吧？是雜貨店嗎？」秋搖頭：「沒有，全部只有雞蛋！」到她家我嚇一跳，原來這世間真的有光賣雞蛋的店。那天陪她看店，坐在雞蛋築起的城堡裡，忽然覺得，這家人整天在這種易碎品環繞中，難怪每個都怪怪的。

一個雞蛋店的女兒，父母好像也不大說話，而唯一的姊姊對她整天讀課外書早就看不慣了，那麼秋龐大早熟的閱讀資訊從何而來呢？我總也想不透，只能解釋是一種宿慧吧。她小學時就開始窩租書店了；中國、西方，經典、通俗來者不拒，連金庸小說，我也是在她「推薦」之下才開始碰的。

　她是我這一生唯一真正經常「討論文學」的朋友吧，上大學後，讀書是很個人的事；即便今日，寫作同業中也有幾個哥們好友，相聚總也是談工作、生活、文壇瑣事、社會議題……閱讀，是很私人的事，就像我們不會互相問起用什麼保養品或洗髮精。為什麼少年要讀書？為什麼少年要交友？在心最易感，神經最纖細的少年時光，我很幸運的擁有一個可以細談紅樓人物，可以嘰嘰呱呱講海明威、赫塞、傑克．倫敦小說，可以一起背誦元好問〈摸魚兒〉——當然是因為讀了《神鵰俠侶》，可以討論《梵谷傳》、《異鄉人》、《美麗新世界》、《如果麥子不死》討論個不休的朋友。我與秋如何要好起來，小女孩時期的種種心思都已淡忘，對她的回憶卻是跟這些書的封面、片段文字緊緊交揉在一起的。比如我讀《安妮的日記》時，對於安妮一家躲藏的密室，腦海浮現的，卻是秋他們家雞蛋店樓上閣樓般的幽暗小房間。

大學聯考我如願考上當時「揚言」要去的東海。而功課雖常打擺子、但一用功便可名列前茅，照說閉著眼睛都該考上的秋卻意外落榜了。回想起來，我倆的人生，在那個夏天，似乎被命運各自帶向了背道的遠方吧。我進入夢中的仿唐式建築校園裡，讀書、社團、聯誼、戀愛，像大部分的大學生一樣；有時挑燈寫作，繼續孵著一個夢想的泡泡。秋則進了重考班，第二年，令人難以置信地再度落榜。她放棄了，隨便念一個商業三專，畢業後在一個小公司做著業務工作。

我們有時見面，兩人都工作得很辛苦，不過我眼圈都黑了，每天還是一樣元氣飽滿地奔波採訪、寫稿，見了面還是嘰嘰喳喳；秋卻更沉默了，少女時聰慧靈動的思緒好像丟在了什麼地方，她也不再談論閱讀了。每次見她時我心裡溫暖，離開後又總是悵惘。我想，她心裡頭一定有某一個東西脫落了，在第一次意外落榜時就脫落了，她始終沒有找回相應的螺絲，無法好好地重新栓上。我想起以前她姊姊老罵她「魂不守舍」，她本來就不積極的人生，變得更虛無恍惚。我不確知她丟失的那東西是什麼，只覺得那場瓦斯意外，對她而言，其實在她高中畢業前後，甚至更早就已經埋藏，多年後那一氧化碳才洩漏出來，窒息了她逐漸封閉的生命。

接到她姊姊的信，我慌亂得不知如何是好，高中同學多已分散，不知該問誰，我哭著打越洋電話給前男友C，他只淡淡地說：「這就是無常嘛！」我的好朋友這麼年輕就離開人世耶！放下電話，我感到徹骨的寒意，異國冬夜裡，我擁著被子無法停止地啜泣。

秋的句子，到今天仍常來到心頭，「重歸頑石的心性」，我想這或許就是我大學後見到的秋吧？至於為什麼，永遠也不會有答案了。

但有時我幻想其實秋是另一個我，那個潛意識中想要成為的，比較高䠷、比較酷、絕不鄉愿、從不取悅誰的我；而我是她的另一面？終於我們來到一個岔路口，背對著背，我隨著本能朝向光走去，把她留在了一個黝黯的玻璃屋之中。

——選自《那些人住在我心中》，有鹿文化出版社

賞析

如何從消失的起點，再走一段同樣的路程？

作者以拆除的中華商場為起點象徵，描畫少年好友的輪廓。一個不鄉愿、從不取悅誰的身影，在靜默行走的路上，突發一陣有伴的大笑，只屬於放肆的青春，才敢那樣輕盈不羈的歡暢。

在看似拘束、緊繃，卻又莫名萌動的歲月中，共同閱讀好書，一起探討文學。有些稚拙的字跡，寫著滄桑的感觸，不同的閱讀面向，拓展了觀看人生的視角。

黝暗奢侈的小亨利聖代，開啟了寫作夢。當時對坐的兩人各點一客，再回憶時，已是一家三口的許多年後。

後來，沒有我們。

「每次見她時我心裡溫暖，離開後又總是悵惘。」溫暖是對共有時光的緬懷，悵惘是覺得該得到最好的那人，過得並不好。像一個漲大、浮起又啵地破碎的七彩幻泡，相遇時那麼美，奪去時卻那樣決然。以致憶起時，似有預兆，其實不過是缺憾的殘影罷了。

作者摘錄了書信片段，在文章結束前，揭示了「重歸頑石的心性」的意義。至此，前段敘述所累積的能量，才能在讀者心中起槓桿作用，體會文字中所蘊藏的情意。

年少時，寄託了夢想的另一個自己，已遠遠留在黝暗的玻璃屋中。那是一切夢想的起點，清晰的身影漸次模糊，只剩暖暖光暈，與書封文字交揉。

延伸思考

1. 作者在〈最初的夢〉裡，向我們介紹她人生中的第一位讀者。這位讀者本該在你我之間，與我們一同閱讀她倆的故事。你在閱讀時，曾想過阿秋與我們最大的不同之處在哪嗎？如果有聯結，你與阿秋最相似之處是什麼？

2. 〈最初的夢〉除了談友伴，也談閱讀。是「朋友的朋友的朋友」的三回式思路：阿秋、書籍與作者，藉由聯結敘述少年時光。「為什麼少年要讀書，為什麼少年要交友？」我們一起閱讀了作者的見解，現在，我們想聽聽你的看法，請與我們分享你對讀書與交友的想法。

3. 你能用簡單的幾句話形容你的好友嗎？他存在於虛擬或現實呢？他有什麼樣的特點？牠活潑好動嗎？來點挑戰，請用一百五十字左右文字，將他（牠）介紹給我們認識！

作者簡介

宇文正，本名鄭瑜雯，福建林森人，東海大學中文系畢業、美國南加大東亞所碩士，現任《聯合報》副刊組主任。著有《台北卡農》、《微鹽年代．微糖年代》、《那些人住在我心中》、《庖廚食光》、《負劍的少年》、《文字手藝人——一位副刊主編的知見苦樂》、《永遠的童話：琦君傳》及童書等多種。作品入選《台灣文學30年菁英選——散文30家》；近作《庖廚食光》獲選「二〇一四年開卷美好生活書」。

重慶森林　青春藍調

吳妮民

奔跑。牽著你們的手，奔跑。

日子天空藍，棉花白，頭髮飄搖，青綠的襯衫被風灌飽。我們到處嬉笑。

那年，轟動了全校的紀念書包題名「重慶森林」，黑底布面上繡藍綠植物圖案和銀白字樣。我背著那書包大路上四處行走，站在角落裡，一個中年女子走向我問，好漂亮，請問那是哪裡的書包？

重慶森林 青春藍調／吳妮民

那是一種歧義。是王家衛的片子，也是我們。重慶南路上，一座綠蔭巍巍的森林。我們當時不知，從森林裡走出的女孩也是這城市的風景。尤其是新嫩的女孩，還躲在制服裡尋找適切的姿態，衣服愈熨貼，手足愈無措。不習慣，對雙人的公車座位，對學校，對世界，對十五到十八這個年紀，對自由的定義，觸手像初生的蕨葉慢慢舒卷伸展。女孩三三兩兩聚集走過，渾然不覺路人眼光的游移，如果有，就像含羞草一般避開。漸漸地，我們也要學會眼神閃爍，偷偷張開，就像我們窺視著其他，被公車拉桿遮住的，校門口圍牆邊的，電話亭旁的，穿著制服的陌生男孩。

我們的年代，有些事已經合法公開。譬如總是蜂擁進許多外校男生的聖誕舞會，或者女孩們進男校練社團，天晚了大門鎖上，女孩們輪流翻牆離開。課堂上，老師帶來一疊男生班的英文信，我們一個接一個上前抽出一封，那人就是未來一學期的筆友了。從走道回來時，信揣在手裡，兩岸竊竊的「是誰？是誰？」聲不絕於耳。彼時，學校和片商提出候選片單，每月中女孩們票選最想看的電影，在昏暗的國軍文藝中心影廳裡，女孩手持配額少少的電影票券，和認識或不認識的男孩們比鄰而坐。那一晚，岩井俊二的《情書》二輪上映，我還記得回來的女同學在班上興匆匆地模仿兩個少年藤井樹溫柔的惡作劇，我們圍笑著非常開心。那是青春的戲法吧。啊。身在青春中的人們，不知青春。

夏天，順重慶南路往南海路走去，有一座盛開荷花的池塘。長風穿過涼亭時，我們將千里迢迢帶著為某人慶生的大蛋糕，從學校施施步行而來。我們知道那群認識的男孩們下課後就會從對街抵達這裡，照例我們會許願、試探、閒聊、追打、互抹奶油在臉上。我們以為不久後我們都會在這個城市裡考上第一志願，以為我們會繼續熟稔，並且成為永不相忘的朋友。那是清新詠嘆調的夏天，曖昧不明的夏天，荷花初初綻出水面。

荷花開了，荷花謝了。熱音社的一個學姊擦著黑色指甲油，拉出衣襬，吐納某些憤世字眼如煙霧；同屆某班的女孩，遭男友報復攻擊，靜靜地轉走了。走道上一個戴著復健頭套的女孩迎面走來，她正在和同學日常談笑；我想起事發那天，校門口散落被硫酸燒黑破去的書包，目擊事件的學生在一個小時後，仍然站在原處哭泣。還有，有人說，到蘇澳金都旅社那裡去的學姊，兩人中的一個和我一樣，以前也當過合唱團的指揮。我在音樂教室遺落的一疊團譜中，看見過她的照片；在我知道特教組長前的幾年，我就已在螢幕上見他狼狽地閃躲，記者的麥克風圍堵他的去路，他們和這個社會一起問他：你知道，她們為什麼要自殺？

所有的天真在高二結束時也跟著結束。暑假自習開始，我們大多數的人放棄了手上所有的社團，搬進百年古樓，開始苦讀。因為方便，我們著短褲、趿拖鞋，在校內劈啪行走，往往被教官勒令不准再衣著隨便地現身。但是管他呢，縮回自己的走廊，當樂隊的女孩在操場上吹著小喇叭時，我們會搭坐在走廊邊低矮的木頭窗臺上眺望，居高臨下，讓雙腳在牆外晃蕩。那一曲的悠緩時光，好像萬世太平一樣。

冬天，因為不能同意導師長期的行徑，班上醞釀著換導師的高張情緒。十八歲的少女，生活中需要一點革命，計畫必須安全隱密，而且一次中的。我們躲避監控，悄悄互換聲息。體育課時，冬陽照得我們烘暖，我們躺在操場上看著天空，輪流翻身，趴著寫下召開家長會的全班連署書。

那是高中三年最灰暗的冬天。導師被換去。臨走前，她帶著給我們的一封信在班上對我們宣讀：她要告我們。她的語氣非常激憤。陽光紛亂地從窗格裡射入，一向安靜的衛生股長突然站起來說，「同學們，起來打掃了。」無語的我們如被解咒般地起身開始搬桌椅，磕碰及拖拉的聲音逐漸地淹去了導師兀自不停的控訴。

後來的半年中，許多老師用辦公室間口耳相傳的輿論延續著對我們的叨念和責備。（「剩下半年就聯考了，換什麼導師？」、「我昨天罵了她們班。」、「你們嬉氣太重！」）他們要我們好好讀書，因為我們的平均成績和另一班比總是差一點。於是在下一輪世紀之前，外面的熱鬧和華麗與我們都沒有相干了。世紀的最末，天空中散放盛典的花朵，我們卻低頭在重慶南路上疾疾通行，往返學校與車站邊的補習班之間，擠進狹小的座位振筆抄錄。

我們變得愈來愈胖，也愈來愈邋遢。因為讀書，我們上課時瞌睡，下課後背著沉重書包，踏進總是蹦嗤蹦嗤放著電子音樂的南陽特區，栽入陰暗霉黑的K書中心隔間，直撐到深夜。看著總統府旁黃昏的浮雲，晚自習後漆黑街上偶爾呼嘯而去的車燈，我們希望這樣的日子快點結束。但結束之後，有什麼會接著來臨呢？

曾經青春是不會老去的。我們都知道，那條路一直走下去，就是盡頭了。

——選自《私房藥》，聯合文學出版社

重慶森林 青春藍調／吳妮民

賞析

如歌謠般的開頭，滿是青春意象。青春像一首歌，有種能一再循環的錯覺，永不老去，直到盡頭。

以文字製作時光標本的作者，將青春描摹，引人駐足。不知自己的美是城市的風景，偶爾偷瞄身著制服的陌生男孩。舞會、社團與筆友，比鄰而坐的影廳，荷花盛開的池塘，一切都美好的像是夢與童話。

一朝花謝，彷彿雨霏時節的辭退與凋落。籠架青春的權威與規則，因情感與生命的碰撞，讓人開始懷疑，什麼東西理應遵守？天真隨時光消融，一切悠蕩在萬世太平的眺望下。

在最灰暗的冬天來臨時，相安無事變成應該清掃的塵埃。導師的離去，並未阻止自由的消逝，女孩們依舊墜入邋遢與瞌睡的深夜，期盼結束的到來，卻又不安未知的開始。

以清韻之筆，寫下青春靈魂的大聲吶喊，回應、歡呼與吟唱。作者細心鋪排，紀錄成長蛻變的每個節點，為被隔離在世紀末盛典外的青春，留下珍貴的紀錄。

延伸思考

1. 你喜歡代表學校的制服與書包嗎？你認為制服對你有什麼意義？你們有自己設計的班服與小書包嗎？設計的意象是什麼？
2. 你就讀的學校會播放電影嗎？你喜歡什麼風格的電影，喜劇、勵志、劇情或是動作片呢？你最常使用的觀看媒介是什麼？
3. 作者使用重慶南路的荷花池塘，作為成長的轉換點，你認為荷花在此處代表的意象為何？作者又為何將荷花提出來，作為意象代表，請說說你的想法。

作者簡介

吳妮民，一九八一年生，臺北人。成大醫學系畢業，目前為家庭醫學科專科醫師。曾獲全球華文文學星雲獎報導文學獎、林榮三文學獎、時報文學獎、梁實秋文學獎、臺北文學獎、全國學生文學獎及各地方文學獎等，作品有《私房藥》、《暮至臺北車停未》等。

重慶森林 青春藍調／吳妮民

冷淡

房慧真

「記了又有什麼用呢？」
「是沒有什麼用。」
「徒勞而已。」「可不是。」她毫不介意，爽然答道。同時卻目不轉睛地盯著島村。

——川端康成・《雪國》

有時候就會油然升起一種無可抑制的倦怠感，哽在喉頭，嚥不下去。

男女之間的交往是如此；朋友之間的相處，也是如此。

中學時期的女孩，下課約著手牽手逛福利社上洗手間，連體嬰般的，通常以兩人為單位。多了第三人，就尷尬了，坐公車時兩人坐一塊，第三者落單了，一次兩次三次，如果撇下的一直是同一人，就知道該另謀發展。這事常見的，明明好得不得了的姊妹淘，忽然就反目成仇了，各自找新歡去，速度之快有賭氣嫌疑。理誰不理誰，同誰好不同誰好，在女孩的雙人探戈中，其實是非常微妙的。一對一對各自迴旋的小圈圈，互相撞擊，時而分子被打散重組，又是一個新的化學鏈。一種全新的，不恆定的關係。

和我跳雙人舞的女孩，總喜歡越挨越靠近過來。

一開始我也能配合舞步：隨身聽一人戴一只，便當一人吃一半，上課互傳小紙條，下了課一同壓馬路，生日互訂大把壯觀的、情人才送的花朵，衣服買同一款式不同顏色，摟摟抱抱以老公老婆互稱……

有一天我突然就厭煩了。

不是毫無徵兆。病灶先是輕微的膩，些許的煩，像微微流了一點汗，還不急著擦去。接著，雙人舞中，我將她稍稍推開一點，閃避她的眼睛，望向遠方。最後，我終於把她的手完全甩開，刻薄寡恩，變成一個冷淡的人。

我終於把自己變成一個冷淡的人。像莫蒂里亞尼筆下有著美麗長頸，空洞杏核眼的女子，泛藍的瞳孔中不畫瞳仁，少了聚焦的軸心，虛虛的，浮浮的，致使她不經意渙散開來的憂傷，也讓人覺得不那麼認真。疲態盡現，提不起勁，遊魂似的生類，即使經歷年輕時最暴烈的感情，也會如《雪國》中的島村說著：「一切都是徒勞。」

知道及早避開「徒勞」的男女，像一個個離開航道孤獨自轉的星球。觀望，從不介入；疲倦，而不耗損。即使顧影自憐望見了鏡面中的水仙，也依然不著不染，十足胡蘭成口中的臨水照花人。

無可抑制的倦怠感，無意間的冷淡。我後來不和女孩跳雙人舞了；和男孩跳著，也是如此。

——選自《單向街》，遠流出版公司

賞析

作者以雙人舞貼切地比擬女孩間的相處，精準地將難以言明的幽微情感勾勒。以理性之筆，洗滌慢慢積累的情感垢膩。

年少時，藉著與友伴相處，摸索人際間的情感距離。太近了，潮溼黏膩；太遠了，又清冷客套。究竟什麼樣的相處方式，才能在錯綜複雜的人情往來間，行走順當呢？

試著配合雙人舞步的作者，在一次次的練習曲中，逐漸感到厭膩。彷彿手腳總被不協調地絆住，一口氣哽在喉頭，嚥不下去，無法自在地呼吸。成長中的青澀，稍不留神就變成對生命與自我的冷淡。這種淡漠不僅限於與人相處，更困於自處，被徒勞打敗，難以激起對生活的熱情與好奇，像個

冷淡／房慧真

偏離航道的自轉星球。

不耗損的寂寞，給人一種無有不可的錯覺，彷彿冷淡不過是種無力挽回的成熟，任誰都要經歷的滄桑。不那麼認真的憂傷，其實是靈魂一角的頹喪，空曠裡不斷重複如煙的離散，任憑東走西顧，逝去不返。

作者以洞察之眼，將「冷淡」的本質淋漓盡致地以文字展現。讀了不禁沉思，人間離合，繁華有時，葉落有時，怎樣的相處才不負共同行走的光陰。

延伸思考

1. 你認為作者以什麼樣的心情書寫〈冷淡〉一文？她真正想要表達的是什麼？在梳理得如此透澈的文句下，隱藏著什麼樣的情感？作者引用川端康成的《雪國》，請談談《雪國》與〈冷淡〉兩者間的聯繫。

2. 你身旁有姊妹淘嗎？她們的相處模式，和作者敘述的相似嗎？如果要你具體描述哥們兒，你能抓出其中的精髓嗎？試著先列出十項特徵，再逐漸精簡，寫出讓人讀了就眼睛一亮，讚嘆：「沒錯，就是這麼一回事！」的好文句。

3. 人與人之間的長久相處，需要細心經營，不斷學習調整。你曾觀察過情感和諧的朋友、伴侶，他們是怎麼相處的嗎？你從中歸納出什麼好方法，能運用在生活中，帶給自

冷淡／房慧真

己幸福呢？請跟大家分享友善互動的生活祕訣。

作者簡介

房慧真，臺大中文博士班中輟生。前中年無業晃蕩，三十七歲開始記者生涯，曾任職於《壹週刊》，撰寫人物專訪；目前為非營利網路媒體《報導者》資深記者，試圖結合人物寫作與調查報導。「新屋大火周年系列報導」入圍二〇一六年卓越新聞獎。另一個身分是作家，著有散文集《單向街》、《小塵埃》、《河流》；人物採訪《像我這樣的一個記者》。

冷淡／房慧真

青春關不住

王盛弘

之一：青春關不住

逼臨午夜時在捷運古亭站下車，我等著電梯上樓，驀地眼前冒出一個人，燈光幽微中看不清楚他的臉，但是當他露齒對我微笑，臉上有兩個酒窩，我立刻認出了他，好久——我才剛開口，他已經走近我擁住我，一張臉埋在我的頸窩間，在我的臉頰上輕輕一啄。鬆開身，我繼續未竟的話語——好久不見了。

初識他時他只有十八、九，現在幾歲了呢？我問，他說：剛剛過了三十。我打量他，兩頰與下巴一片刮得乾淨青色鬍渣，眉目間的線條緩和了，連聲音都顯出了幾分溫柔。流年偷渡，狸貓換太子，他現在是個大人了。

那時候他總是不回家，這裡那裡過夜，青春關不住卻不怕沒有人收留，偶爾地他也來找我，我要他打電話回家報備，他淡淡回我打過了，在我面前再打一次，我堅持。有時他聽話照做，也有過這樣的時候：兩人僵持著，他嘟嘴坐在床沿，不言不語，眼睛盯住虛空中假設的一個點，一動不動。最後我只好摸摸他的頭，哄他，不打不打，快點睡。

後來他的母親找不到他，打來幾次電話探詢，我也都不會知道的。請你勸他回家好不好？他母親的聲音婉轉委屈。我為難了。他的母親告訴我：他常跟我提起你，說你說了這個，說你說了那個，還拿你幫他從網路列印的那個辛蒂什麼德國模特兒的一疊圖片給我看。他會聽你的，他的母親說。

而我，我在他的手機留下電話號碼，留下叮嚀，我等待著，但他從來不回。下次見面也許幾天幾個星期幾個月後，等他主動找上我。

現在做什麼呢？我問。他說，在家鄉一家餐廳當廚師。我點點頭，問他記得嗎？那時候他讀餐飲科，有天孩子氣地高興對我說，學校裡老師今天教我們沖奶茶喔。我說，哪天也幫我沖一杯？他回我：如果你不怕拉肚子我就沖給你喝。他搖搖頭笑得有點靦腆說不記得了；那他一定也不會記得，後來他轉美容美髮科，有回告訴我，說老師終於讓他拿剪刀剪模特兒假髮了。我同樣問：什麼時候幫我剪頭髮？他同樣回：如果你不怕像狗啃的，我就幫你剪。

很沒用地我記住的總是這些生活細瑣，旁人看來可有可無的場面與對話，在暌違的日子裡想起，響起。他的最後一句話，說在一個我準備上班的早晨：前一個夜裡他突然現身，沒頭沒腦地說想搬來跟我住，我環視居處窄隘，檢視一顆心雜亂無章，告訴他我已經習慣一個人；他卻對我說，從此你就不是一個人了。

但是當天下班回家不見了他的影跡，好像氣味隨風飄散從來不曾存在過；我如常坐桌前吃外帶的晚餐，兩人份，心中沒有波瀾。他走了，也許還會回來也許不會，只有他自己知道。不，連他自己都不會知道。

同在一座城市，搭同一條路線捷運，上班下班，就算不刻意迴避也不一定碰得上面，沒想到多少年後會在午夜的捷運站有了一個擁抱一個臉頰上的吻，他的唇依然溫暖而且柔軟，我看著他看進他的眼睛裡，我明白，當年我對他的好，經過十餘年後，在他年長於當年的我時，他全都懂得了。

之二：一個人的世界末日

捷運車廂裡鄰座女孩正在講電話，她的打扮新潮，喟嘆卻是古典的：「啊，不管我們現在愛得怎樣死去活來，但總有一天我會失去他，慢慢忘記他。他對我也是一樣。」失去他，忘記他，只留下一個淺淺的痂，或甚至不再記得生命中曾有這樣的一個人經過。

於是，下一段戀情換上一段戀情，各異的臉孔不斷被疊附被取代，承諾著相似的誓詞，重複著相似的歷程，愛情以這個方式不絕種。

難道她的愛情寄生了影魂？

在漆原友紀的漫畫裡，影魂是吃記憶的蟲，畏光，平日藏躲於樹蔭底花葉間，伺機自耳朵鑽進獸禽或人類的腦袋，吞食宿主的記憶維生。最終宿主將會失憶，只記得新近做的事、頻繁做的事、因為不想遺忘而一再溫習的事。

曾經影魂也潛伏在我的愛情裡，牠把一個個我以為愛過的人消抹得面目模糊，同時分泌出療癒情傷的特效藥。隨著年紀增長，過去因為失愛帶來撕裂一般的痛楚，漸漸地為宛如慢性病的感知所取代。理應已經結束的那個人埋伏在某個角落，是一條靜默無聲的影子，或巨石陰影底的長蟲，讓無辜的風、不解事的風、置身度外的風驚醒，猛噬一口，一霎抽痛，瘦瘦軟軟。風仍是無辜的、不解事的、置身度外的風，長蟲回復成巨石後一條修長的影子，下次會是什麼來撩撥牠呢？

就在這座城市，巷尾街頭曾一同經過的所在，已經遠去的那個人總是海市蜃樓般驀然現身，在對我做促狹的鬼臉，邀我向人流深處潛去，我一路尾隨，他淹沒其中，我慌惶張望，檢視迎面而來的面孔、背我而去的背影。

不要這樣捉弄我啊，你。

你知道我在尋你，你知道的。這只是你再一次跟我玩著的遊戲，你躲在某一根立柱後，某一棵路樹後，某一道櫥窗後，偷覷我無措站在街頭，睜大眼睛搜索，怕你就在我眼皮一闔的瞬間，從這裡到那裡，從近處到遠處，躲進無法定位的黑洞。我是鬼，快現身，我已是一隻形單影隻的鬼，快現身，像往常那樣突然從身後拍我肩膀，嘿嘿兩聲笑，然後手拉著手，兩個快樂要去郊遊的孩子，一蹓一蹓地，你說：「今晚要吃生魚片，喝味噌湯，蝦手卷請師傅抹很多很多的哇沙米，辣死你！」我應你：「最好你捨得。」你輕啄我臉頰，附到我的耳朵邊，好不邪惡地：我愛你——掉眼淚——

你已遠去，我仍佇立。

是這樣嗎：影魂就在你附我耳邊的片刻，隨順你的聲音竄出我的腦際，然後你占據了牠的位置？關於你的記憶不再為影魂所吞噬，它無限綿長無限延長，綿延成一個人的，望不到盡頭的世界末日。

不不不，應該是這樣的：影魂還在，肯定還在，你的一再出現，其實是我為了怕遺忘你而對牠發出的戰帖。這是我與食記憶之蟲的對峙。

——選自《花都開好了》，馬可孛羅文化公司

賞析

「之一」的重逢，與「之二」捕捉一耳朵的喟嘆，發生地點都在捷運站。

捷運站的特性是流動，不常駐的。過客在路上，即便暫停，只是待發。

那兒偶爾清冷，總是喧囂，但大多孤寂。熙熙攘攘，不斷錯肩，有怦然的錯覺，也有淹沒的失落。

日復一日地行走、等待。誰能料到有那樣溫暖的擁抱，踏過歲月的流光，擁住彼此，教人明白，當年的溫柔使我們成為更好的人。

那暖暖的欣慰，來自當年我對他的好，他全都懂了。

人總記掛著青春，那是時間之匣關不住的回憶。

可就像風不會為了什麼突然停下來，生活亦不為任何人駐足。雖恐懼失去，卻難免遺忘。即使嘆息著：「你已遠去，我仍佇立。」但在記憶深處，自己早已不存在了。只剩不想遺忘而一再溫習的過往，仍與本能相抗，對峙於幾近末日的孤獨中。

作者以兩小節分別處理久別巧遇的「情節」與「情感」。故事在「之一」呈現，心情在「之二」抒發。順著文序讀完，重讀「之一」，更能體會親密過的疏淡，如何結成痂，揪住心口，隨著時間的脈搏，一次次跳動。

全文溫柔細膩，長情理性，將惆悵斟至將滿未溢的杯口，由人細細飲用。

延伸思考

1. 作者受戀人之母請託，在電話中有數次交流。你曾想像如何與戀人的家人應對相處嗎？在你的假設裡，那是什麼樣的情景？你如何做到最好的溝通？

2. 你看過漆原友紀的作品嗎？你覺得作者的書寫風格與漆原友紀的作品有哪些共通點？你最欣賞哪個部分？

3. 請擴展你的想像力，將文章中你所喜愛的字句或段落轉化利用於現實。譬如：將「時間之匣也關不住的回憶」當作以「青春」為題的徵文比賽文案；以「愛情不絕種」五字當作婚姻介紹所的名稱……。請跟大家分享你最棒的想法！

作者簡介

王盛弘，寫散文、編報紙，著迷於文學、藝術、旅行、植物、電影，愛好觀察社會萬象，有興趣探索大自然奧祕，賦予並結合人文意義。

曾獲林榮三文學獎、中國時報文學獎、梁實秋文學獎等二十餘個獎項，二〇〇二年以「三稜鏡」創作計畫獲臺北文學寫作年金，後擴充為三部曲：二〇〇六年《慢慢走》，二〇〇八年《關鍵字：台北》及《大風吹：台灣童年》。另有散文集《一隻男人》、《十三座城市》、《花都開好了》等十本書。目前為《聯合報》副刊副主任。

隔壁班的女孩

廖玉蕙

風雨欲來，氣象報告說是颱風即將來襲。天空透亮，空氣裡似乎夾帶著飽滿的水分，天邊一片暈紅，不時地，在某個地段，忽然細雨飄過車窗前，雨刷方才展開工作，隨即發出乾澀的「嘎嘎」聲響，雨又沒了。我一邊開車，心裡疑惑著，什麼樣的人會在這樣的時刻出門，到文化中心聆聽一場定名為——「對荒謬微笑——文學與人生」的演說呢？

這些年，南北奔波，常常會在奔赴的當下，感到迷惘：到底所為何來？雖然從事語文教育多年，也不間斷地執筆為文幾十年，但是，相關的文學體驗，能不能精確地傳達給來聽講的人？或者更確切地說，觀眾能不能從我的演講裡聽到些什麼？他們心裡的疑惑會因此得到開解嗎？而我在侃侃而談之時，心裡難道就不無疑惑嗎？車子在鳳凰花盛開的路上驅馳，斑駁的樹影和時飄時停的細雨在車窗上輪番演出，就在反覆思量之際，文化中心已然在望。

走進大廳，穿著制服背心的志工忙碌地走來走去，我不確定演講的廳堂，四下尋索海報，以便確認。終於，在樓梯口處矗立的看板上找到答案。正想移步演講聽，一位女子閒閒站立，雙手交疊在胸口，朝著我微笑：

「不認得我啦？」她說。

略嫌外擴的鼻翼旁，近似圓規畫出的圓臉龐，單眼皮下的眼珠子混濁暗沉。這是一張怎麼也忘不掉的臉啊！屬於我童年的夢魘，大部分來自這張臉的主人。前塵往事忽然一股腦席捲過來。瞬間，高挑的空間忽地顯得壓迫逼仄，我忘記此行的目的，站在樓梯口，腦袋亂紛紛。幾十年來，我被莫名的陰影環繞，不知自己到底犯了什麼錯必須飽受折磨。我驀地氣憤起來，大聲回答：

「怎麼忘得了！王美麗。就是妳！王美麗。」

她完全沒注意到我語氣中的不滿，反倒因為我認出她且叫出她的名字而感到相當鼓舞似的，高興地笑起來，嚷嚷著：

「唉呀！妳還真的記得我欸！……妳知道嗎？當年有一位甲班的男同學因為喜歡妳而被他父親送去日本讀書，這是眾人皆知的事啊！……」

她天真地回憶著往事，彷彿又回到小時候一般。長年積累的氣憤忽然猛爆開來！我等不及她說完，嚴厲地打斷她的話：

「別再提這麼無聊的事了，妳到底怎麼啦？我跟妳無冤無仇的，小時候，妳幹麼老造謠陷害我！妳折磨得我好慘！到現在，還淨說這些子虛烏有的事……」

我將心裡潛藏數十年的憤恨悉數潑灑出去。可能是口氣太嚴厲了，這回，輪到她嚇一大跳！接近六十的婦人陡然搖身一變為犯錯的稚齡兒童般，低聲地囁嚅著：

「哪有？人家小時候是很愛妳的呀！哪有討厭妳！……妳當時紮著兩條長辮子，好美麗、好優雅。」

說到這兒，看我沒接話，她又興奮起來，說：

「當年，學校教我們跳土風舞，男生班的同學，爭著跟妳搭檔；握過妳的手的都說手心發麻，得意得不得了，妳好有魅力哦……」

「我不是說別再胡說了嗎？哪有什麼手心發麻的事！……我只想知道妳為什麼成天跟我過不去？」

她嘴脣微張，露出納悶的表情，彷彿我說的是外星語言，她一點都不懂。演講時間已到，工作人員前來接人，我匆匆跟著工作人員走了，連再見都沒說。

「天下最荒謬的事莫過於此了！」一站上講臺，我就忍不住憤恨地向臺下的觀眾大吐苦水。

我想起自己一向的座右銘：「對荒謬微笑，和遺憾握手」，如今真正和荒謬素面相照，看來卻怎麼也無法豁達地付諸一笑。聽眾將演講廳擠得水洩不通，工作人員不時地在走道上添加椅子。何其荒謬的人生！聽眾追究卡繆和沙特的荒繆有何不同，我卻心不在焉。雖然沙特一再呼籲，必須拋棄過去的阻礙，寄望未來的行動，創造自己的新存在，卻無助地在自傳中寫著：「我憎恨我的童年，憎恨由它而來的一切……」不管他如何努力，就是無法超越過去，他如此痛恨童年的不可逾越；而我，不也是如此，被那樣的陰影苦苦纏繞的人生，只有親身經歷者才能確切感受。年少時，閱讀瘂弦詩集，翻開《深淵》裡的第一首詩，入眼即是：「主啊！嗩吶已經響了／冬天像斷臂人的衣袖／空虛，黑暗而冗長。」我的眼一下子便迷濛了！我跌坐在黃昏的地毯上，號哭不止，被完全支解開的童年，好像乍然被詩人展攤出來了，我卻完全拿自己沒辦法。

那樣的痛澈心肺，無法自我開解，也無法言宣。或者在童年的當下，曾經幾度企圖向忙碌的母親尋求慰藉，然而總是被簡單的打發，諸如：「這有什麼關係呢？他們愛講就讓他們去講啊！」或者：「哪會常這樣！一定是妳不對，要無，他們怎會這樣？……」之類的，不痛不癢地希望妳反求諸己，雖然完全符合儒家的那一套大道理，卻對紓解小孩子心裡的鬱悶或傷痛一點也不管用！

日日，我背著沉重的書包，在往城市去的街道間茫然穿梭。夏日裡，鳳凰花開，天空一串串的火紅爆開，像止不住的鮮血，沿著四肢百骸殷殷流淌；寒冬中，木棉的禿枝寒樹，峨然孤立，像煞孤獨國裡狂嘯吶喊的靈魂。而我夏日穿著一襲白制服，冬日則在黑色洋裝制服外，套上母親親手縫製的黑披風。走進校園時，心情絕望，一如衣衫的暗黑與蒼白。一個鄉下小女孩，表面以燙得筆挺的制服喬裝風雅，在操場的升旗臺上，昂首指揮全校師生唱國歌，像一隻驕傲的孔雀；內心最底層，自卑、自憐，徒手迎戰不知從校園的哪個角落發射過來的箭戟，在暗夜中，背著蒼涼的月光舔噬每道流血的傷口。如此這般的童年，讓我苦苦思索探問了四十多年，竟然得到的是：

「人家小時候是很愛妳的呀！……妳當時紮著兩條長辮子，好美麗、好優雅……」

那麼，到底發生了什麼事？那些讓我哀痛傷心、無能排解的問題追根究柢都是些什麼？當年的悲痛猶在，行凶者卻坦然示愛來了！那個磨刀霍霍的陰森孩童，日日追著我或趁隙偷襲或照面狂砍，招架不住的我，只會懦弱地嚶嚶哭泣，束手無策。不就是她嗎？怎麼她竟露出無辜的笑容，勇毅地站到面前跟我敘舊來了！

孤獨之於童年的我，最直接想起的是太陽下操場裡鐵製地球儀發出的鏽味。

十歲的孩子，渴望被接納的情緒幾近病態的飽滿。陽光下，鐵製地球儀狂轉，如歌的笑聲似爆開的鞭炮拖著斷續的尾音迤邐游移；陽光照不到的陰影處，我支頤伺機，猶豫又雀躍，在地球儀速度回緩的某個間隙，像兔脫般，衝進，扳住，企圖讓週期性提高的速度將我轉出360度的歡樂，迴旋又迴旋，天知道我垂涎了多久！這種鄉下學校沒有見過的遊戲，翻天覆地的離心力勢將快樂升騰到最高點。然而，不對！哦……哦……沒有想像中的飛昇，速度反而逐漸歸零，孩子群中的領導者，用富權威感的音調在高處發號施令：

「她喜歡玩，讓她自己一個人玩！哼！鄉巴佬！……我們走。」

然後，無異議的，猴兒似的幾個伶俐的孩子身手矯捷地翻身下去，我獨自掛在鐵製的地球儀上，扎眼的陽光毫不留情的將我照得通體透明，我覺得五臟六腑都曝屍荒野，手心的汗水和鐵鏽繾綣交溶出奇特的異味，我就那麼尷尬地隻身掛在那兒，維持不變的姿態。白花花的陽光下，孤獨橫徵暴虐我卑微的靈魂。上課鐘聲響起，我低頭拔下緊箍住鐵鏽至幾乎滲出血的雙手，回身快快行近教室的陰影處，眼睛的餘光，瞥見一雙鄙夷和幸災樂禍的眼在暗處熠熠發光。不容易忘記啊！那雙混濁暗沉的眸子竟有那般的光彩，屬於隔壁班的不相識的女孩。

接續下來的那兩年，轉學生活像長長的恐怖夢魘，悠悠遠遠，似近還遠。每回受挫，隔壁班女孩那雙教人害怕的眼總在我轉身拭淚時再添尖銳的一刺！感覺她眼神裡滿是奚落與落井下石的快慰。

「廖的裙子太短，指揮時，臺下的值星官看到她的內褲。」回家哭訴，「隨便伊講！你莫睬伊就好，又不會怎樣。」媽媽輕描淡寫，我急得嚎啕大哭，母親惱我懦弱沒用，用雞毛撢子伺候。

「廖是留級生，難怪第一次月考就考前三名，都念過了嘛！」

又回家哭訴冤屈，忙碌的母親一邊炒菜，一邊若無其事說：

「無影的事情，莫睬伊就好！」

「但是，大家都相信，說是潭子國校的同學說的，都笑我是留級生。」

「你若睬伊，伊越好款、越趣味。」

媽媽取過帶泥的青菜，背過身子，往後方溝渠大步邁去，背影好堅強！我失望地掩面痛哭，連帶痛恨自己的軟弱。

她為什麼空嘴嚼舌？眾人指指點點，我回家一而再、再而三哭得肝腸寸斷，母親不耐煩地操起棍子追打。我蜷曲挨揍，心裡淌血。啊……世界總有一個什麼樣的地方，沒有謠言，沒有心機，可以只是單純地學會雞兔同籠和植樹問題；如若不然，世界的什麼地方總有一個溫暖的肩膀，可以容許我趴在上頭傾訴、痛哭。但是，沒有，真的沒有。每天都有新鮮事，大夥兒樂此不疲、言之鑿鑿，彷彿真的發生；而那雙眼長期側視、旁觀，隨著事件的嚴重度調整光亮。我強烈懷疑，那樣的亮光就是謠言的起點，有一種惡質潛藏，只是怎麼也想不出惡意從何而來！我和她既不同班，又無競爭。

黃昏回到家裡也不好受。鳳凰木下，昔日的同學相對揮著堅硬的長條鳳凰果，舉行聖戰；我興匆匆加入，他們也隨即有默契地走開，天真的女孩還撇嘴瞪眼，小小聲地留下一句：「到臺中讀書就了不起哦！」然後，隱隱約約聽說，老師告誡他們：

「玉蕙看不起我們鄉下學校，怕因此考不上女中，所以，轉學到城裡去。妳們一定不要讓她看不起！要好好用功，絕對不要輸給她！」

老師說了實話。母親確實是因為不放心鄉下學校的升學率而大費周章將我轉學，這樣的激勵語，果然激勵出那年鄉下小學空前絕後的高升學率，然而，卻也因此讓我遍體鱗傷。星期假日，我灰心地踞坐頂樓窗臺邊，俯看鄰居孩子或放膽高歌、或執劍拚鬥、或在樹下展裙兜攏血色鳳凰花，然後互相追撒……，所有的繁華都與我無緣，明明是爛漫的春日，卻無異徹骨的寒冬。

終於捱到畢業典禮那天，我穿上雪白的制服，對著臺上的師長致畢業生謝辭，心情完全不受無端忘詞的干擾，感受到前所未有的雀躍。總算要脫離苦海了！儘管畢業致謝詞講得纏綿悱惻，實則一絲絲留戀也無。我丟開那襲掩飾寒磣的黑色披風，覺得如釋重負。天好藍，背上彷彿長出一對翅膀，眼看不小心就要撲撲飛上青天。我嚮往迷人的陽光、遼闊的大海，雖然像西西弗斯（Sisyphus）那樣帶著荒謬的遭遇，卻願意跟卡繆一樣，仍肯定美好的大自然，希望窮盡今天，盡可能地生活。

然而，自由路並不真的自由，陽光也不特別璀璨。第一天的新生訓練，赫然發現那雙暗沉的眼睛竟然又出現在隔壁班。人群中的諦視微笑，嚇得我魂飛魄散。她像一縷遊魂，窮追不捨，瞻之在前、忽焉在後，好不駭人。

然後，身體抽長，心理掙扎，我成了隱性的憤怒少女，表面乖順，內心悖逆。雖然依舊打從心裡害怕，卻不打算再逃避，有時甚至刻意迎向她，用稍稍凌厲的眼神和她對視；而她一逕微笑，對我的底細瞭若指掌般。也許命運就是一連串的巧合。升上高中，那雙眼睛的主人又如芒刺在背的被編在隔壁的自然組，陰影依然罩頂，噩夢仍舊連連。直到念了大學，出了社會，人際關係一逕畸形扭曲，不是過度拘謹，就是自命清高。慣用倨傲的姿態掩飾內心的渴慕；用鄙夷的嘴角對應可能的拒絕。更糟的是，老覺得有一雙不懷好意的眼睛直盯著我的後腦勺，隨時擔心被暗算，心情緊繃，沒辦法和別人怡然相處。

那次演講過後的幾天內，有位小學同學正好來招兵買馬，籌開同學會。我喬裝不經意，閑閑探問。同學笑說：

「她呀！從小就怪怪的，我們都不想理她。她是私生女，小學時，我們都知道她沒有爸爸，媽媽在車站前開一家小旅店。……」

說到小旅店，同學還嘻笑著加強語調說是「供人きゅうけい（休憩）的那種哦」。同學滔滔談起她的身世，我卻彷彿明白了些什麼。也許，我們是該同病相憐的，差別只在：她飽嘗不被理睬的忽略，我受到過度關注的困擾。我是從鄉下轉到城市的鄉巴佬，企圖透過聯考及第改換門第；她是身世不詳的私生女，同樣是被期待在高階華麗的世界中浴火重生。在地位和金錢環伺的貴族學校裡，家長的社經地位偏高，她必然跟我一樣，備感窘迫。好不容易盼到來了個鄉下孩子，以為終於找到門當戶對的交往對象，她以那雙窺伺的眼和紛紛的謠諑，企圖引我注意、和我產生聯結，卻偏偏遇到了敏感且自卑自憐的愣女孩，只知道哭，視她所散發的結交訊息如洪水猛獸。

距離那日重新邂逅後約莫一個月，我終究還是按捺不住好奇，打電話去她任職的處所，打算將幾十年來潛藏內心的困惑，做一次了結。她一聽我的聲音，立刻鬆了口氣說：

「幸好妳打來了！我沒有妳的電話。上回，我去跟主辦單位要妳的電話，他們不肯！真是瞧不起人，他們不相信像我這樣的人有像妳這樣的朋友！」

「妳是哪樣的人？我又是哪樣的朋友？……我是曾經隆鼻的留級生嗎？」我本來想跟她開個無聊的玩笑，卻也只是想想。但是，上班時間談私事，終是不宜，我要了她家裡電話，打算改日另談，跟她鄭重道了再見。

隔了幾日，我們又聯繫上。我仍舊沉默，她依然滔滔不絕。說的那些往事，在午後的書房裡，迤迤邐邐，劇情、對白、聲光，一應俱全，似幻還真。我像聽故事一般，聽著自己陌生的童年，感覺非常詭奇。她說的種種，也許是真的，否則，她怎能拼湊得如此天衣無縫又歷久彌新！譬如：有名有姓的愛慕者、綁在手腕間的小手帕、穿起來神氣活現的黑披風……；也或許只是虛構，否則，既是我切身之事怎會自己毫無所悉！譬如隆鼻、送禮、愛男生……等等。我問：「妳幹麼這麼注意我？我們又不同班？」她說：「妳不知道當年的妳氣質出眾，磁場有多強！剛轉學過來，立刻贏得那位驕傲的音樂老師的青睞，輕易取得指揮的榮銜，那些家世顯赫的女同學如醫生、校長的女兒都嫉妒得眼睛發紅！我不一樣，我是很喜歡妳的。」我說：「就算這樣，妳也不必造謠啊！」她急了！賭咒又發誓：「我才沒有！是妳們班的同學說的，她們姑妄言之，我姑妄傳之而已，我這個人是很誠懇的。」

即便當面對質，往事依舊迷離，宿恨一時難解。唯一可以肯定的，是她對我的關切，許多早被歲月遺忘的往事，又被一一召喚回來，她彷彿是我身邊的姊妹，專門負責幫糊塗善忘的姊妹留下恍惚迷離的記憶。我真的被驚嚇到，居然有人比我自己還要熟悉我的過去？而我卻對她一無所悉，這豈不是最大的荒謬！四十多年過去，她猶然抱持昔日的熱情，鉅細靡遺地收攬過去的記憶。聽著、聽著，隔著迢遞的距離和空間，我握著電話的手，忽然微微顫抖起來，心裡的某個堅硬的角落像冰山遇熱，逐漸溶解成溫柔的涓涓流水。一宗懸疑多年的公案，終於不清不楚卻又彷彿已有定見地結案。

我想起那天聽眾的提問，同樣是存在主義的健將，卡繆和沙特對荒謬的看法有何差異？

沙特懷著強烈的絕望，把希望寄託於未來，實際上是寄託於想像的世界；而卡繆則把希望寄託於當下，不相信虛無飄渺的明天或來世。他說：「生活就是活用荒謬、凝視荒謬。」他們兩人最大的差別在是否包容自己那充滿誤謬的過去，願不願意在當下也包容所面對的世界。而我此刻最能體會卡繆「我就在這兒，這就是荒謬」的說法，我決定選擇向卡繆致意，必要時，履踐自己演講的主要觀點——對荒謬微笑，否則，說什麼也無法諒解如此荒謬的人生！

——選自《純真遺落》，九歌出版社

賞析

對你造成傷害的罪魁禍首，大剌剌地照面寒暄，橫亙數十年，潛藏在人生幽影中的窺伺之眼，炯炯注視。任你遍體鱗傷，獨舐傷口，她卻若無其事走來，理所當然親暱，彷如知心密友。

你驚怒質問，卻攢不著公道，無端從受害者變成加害者。歲月所賜，竟非飽滿圓融，那弓滿的張力，原來只是漲碎的泡沫。悚慄回首，以為早已解脫的一切，仍如影隨形，未曾釋然。

作者於文中細數遭受無妄之災的童年，原該遊戲嘻笑的青春，被過度關注給鳩困，失去與世界怡然共處的信任感。一路倉皇跌撞，反覆受傷自癒，於荊棘中踏出血路。疼痛猶在，那受傷的女孩，卻漸漸長成他人依靠的存在。既然世上沒有那個溫暖的地方，就讓自己擁有溫暖的肩膀。

執筆演說的同時，她亦反覆思量人生的困惑，直至與荒謬貼身相逢。一連串的追索，讓兩個隔壁班的女孩身影再次浮現。往事迷離，宿恨難解，兜兜轉轉，終究回到最初的開端。隔著迢遞的時空，她決定將主控權握在手中，不再被命運推擠。縱然荒謬無所不在，她仍願與之微笑，諒解共存。

延伸思考

1. 相隔多年後，作者勇敢地與過去的陰影相對，從中提取能量，轉化成面對人生的動力。你如何將生命中幽暗曲折的時刻轉化，讓它成為推動你成長的動能？請與我們分享你的好方法。

2. 當家人煩惱時，你以什麼樣的方式表達關心與支援？你是善於傾聽，提高正面能量的陪伴者嗎？當家人給予你關懷與照顧時，你如何表達感謝，維繫家人情感？你認為怎樣可以做得更好？

3. 你有欣賞、敬佩的偶像嗎？你和他的關係好嗎？你如何表達對他的喜愛與仰慕？你覺得他喜歡你的表達方式嗎？

作者簡介

廖玉蕙，東吳中文博士，國立臺北教育大學語文與創作學系退休教授，目前專事寫作、演講。曾獲吳三連散文獎、中山文藝獎、吳魯芹散文獎……等。創作有：《當蝴蝶款款飛走以後》、《後來》、《在碧綠的夏色裡》、《教授別急！——廖玉蕙幽默散文集》、《純真遺落》、《像我這樣的老師》、《寫作其實並不難》、《古典其實並不遠》四十餘冊並編選《文學盛筵——談閱讀教寫作》等二十餘種語文教材。

幸福紀念日

駱以軍

這孩子是災星下凡？

二〇〇一年九月二十三日，那一天之前的十二天，發生了全球在電視目睹的911雙子星大樓遭恐攻事件，那一天之前一個多月吧，我父親在中國大陸旅遊時，小腦爆了，我和母親跑去江西把他運回來。所以，那一天，我的小兒子出生的那一天，我惶然，恐懼，不知道第三次世界大戰會否開打？但已確知我父親已經趴下，而我好像也不再能那麼任性，不去工作只寫小說，沒預料的第二個孩子，我和妻可能都被眼前要承受的經濟、體能、時間的負擔嚇傻了。我牽著大兒子去醫院看剛生完小嬰孩的母親，然後帶他搭電梯到頂樓，騎一種投幣後會唱歌搖晃的機器馬，不知為何，我記得那時的畫面，都是灰暗的，光照不足，連兩歲的大兒子都有所感的在那憂鬱空氣之中。當時我真的從內心覺得這孩子是災星下凡，「你看，你一降生，我爸爸就掛了。」

這樣一眨眼，十六年過去了，這個孩子如今國三，今年要考高中了。

我不知道那換日線在何時發生？他出生的時候，我應該是個「不幸」的人，我很難說清楚確實發生了什麼事，或許是我沒有準備好這樣的人生，我沒有準備好當兩個孩子的父親，這很難言明我可能從二十歲起就把寫小說這件事當作聖堂武士般的修行之途，那時我三十四、五歲，理應是覺得對小說終於知道是怎麼回事，終於要進入一個小說家一生創作力巔峰的十年之啟始，結果時間也被困住了，而且要負擔的錢像恐嚇信從未來十年寄過來。說實話，那幾年是我人生最常去動物園，兒童遊樂區，或有兒童遊戲的夜市，有兒童遊戲區的百貨公司的一段時光。我被兩個小孩拖著，我知道我再也不可能如年輕時想望，成為一個偉大的小說家了。

我是小斑馬啊……

但是以小兒子的眼光，他可才不理這一切呢，他理直氣壯地來到這世界，大約一歲大的時候，他還在地上爬行，他哥哥這個階段已經站起來走路了，但這傢伙似乎往演化另一端的爬行類發展，在客廳，樓梯，廚房的地磚，像某種鬣蜥歡快迅捷的爬行，到了一歲三、四個月時終於站起來了，我們卻發現不對，整個的O型腿，帶去看醫生，說是一種先天關節韌帶鬆脫，於是帶去訂製一種矯正鐵鞋，腿的兩側有鐵箍，腰部還有皮革的拴帶，看起來很像中世紀的什麼刑具。隨身體的增高要再去訂製一副新的，他三歲不到就進了幼稚園的幼幼班（因為妻那時要趕出論文，否則就畢不了業），被小朋友嘲笑腿上的鐵箍，我們哄他說「這是小斑馬啊」。他便興高采烈到班上說：「我是小斑馬啊。」

我要到很久以後才領會他那種意興湍飛的性格，是多難得的天賦。我在我的大人世界，容易緊張、害羞、憂鬱，和岳父岳母家人相處，我手足無措；某些場合和文壇的長輩，我焦慮不已；父親在醫院病房的護士，或是該跑的流程，我總疲於應對。到幼稚園接小兒子時，他被老師罰坐在鞋櫃上，嘴巴戴著口罩，上面畫一個叉叉，因為他咬班上同學。我羞愧不已，心情陰鬱的揍他；但下次去，發覺他身旁兩個同樣被罰坐且戴著打叉口罩的小屁孩，說來是被他帶壞了。幾乎都有不同的老師來告狀，阿甯咕翻垃圾桶吃裡面的餅乾，阿甯咕吃了洗手臺的洗衣粉，阿甯咕帶假蟑螂把女生嚇哭了，阿甯咕帶甩炮到學校被老師叫去罰站……他學習1234，ㄅㄆㄇㄈ，ABCD，全部是左右反過來的。慢慢上了小學，他好像總有一群狐群狗黨，在每天上下學途中的巷弄胡鬧冒險，抓各種昆蟲回家養，和附近人家遛放的大狗熟得不得了。我發覺他從在地上爬，抬頭看這個世界，已發展出他無限好奇心去闖蕩的，不斷有不可測細節打開的遊樂場。

什麼是幸福？

我憂心他遺傳了我性格裡廢材的那部分，那一個不小心會成為社會的零餘者。那樣的時光，同輩創作者有兩位自殺，我好像《神隱少女》裡的河神吃著我成長的這個世界的一切髒汙、傷害、廢棄物、玻璃碎片，我不知道怎麼轉身跟兩個兒子說：「睜開眼看這個世界。」我帶他們在不同的夜市，將整籃乒乓球扔去彈跳進前方的玻璃杯，或是將飛鏢射向牆上灌水的氣球，或是拋擲竹圈圈向整片的玩偶，洋酒，更遠一點的模型汽車和機器人。那些顧攤販的男人，叼著菸，顴骨高聳，一臉虛無，我想告訴兒子，在大人的世界，這些好玩，像煙花般迷離的事物後面，其實是這些困苦，無奈的臉。有次在花蓮南濱夜市，小兒子的竹圈圈往天空亂扔，落下時竟套中一個鐵籠的突起，那鐵籠裡關著一隻活生生的小山豬。我和老闆在一種震驚和之後的大人默契，把這大獎換成一隻超大的山豬布偶。小兒子一路哭泣，後來我發怒，用父親的權威告訴他，我們不可能把那隻小山豬帶回家養。

我們在年輕的時候，在人群裡看到了某個美麗的女孩，經過各種羞辱、挫敗、自暴自棄，竟然某個機會，那女孩和你獨處，像一座祕密花園打開，她和你對上頻道聊了許多童年的事。那時你是否覺得這就是你這生的幸福紀念日？或是，二十多歲時，有次和哥們夜遊，回到永和老家，母親來開門，黑暗中睡意惺忪說：「報社來電話，說什麼你投的小說得了第一名啊。」這些隱密的時刻，對他人來說多麼不重要，在你心中卻如指針在鐘面上那麼清晰喀搭聲響。但這些幸福時刻，會伴隨著父親的病，離世，或人世裡總不那麼順利，誤解、犯錯、不需要的傷害、所謂怨憎會、愛別離、求不得、貪嗔痴諸苦，被這些混淆了，迷惑了，稀釋了。

所有小孩的臉全被照亮了

我少年的時候，犯了許多蠢事，學校教官教家長到學校，我父親是個老派人，他要我跪在祖先牌位前，我想他要揍我了吧？但他只是深深的嘆氣，像最裡面的某個皮囊破了個洞，我看他一臉沉痛，好似非常後悔生下我這哪吒。但我多想告訴他我在那校園樓梯間、小撞球店、冰宮，某個混混的宿舍，我看到的新的宇宙。很奇妙的，我好像是我父親延伸的小宇宙，但他終究看不到我的飛行駕駛窗所見，但奇妙的是，我似乎是從當了父親，才有一種疊套時間的體悟。他的時間不屬於你，但你必須保護他。

於是好像會有個日期，幸福紀念日，他已像一隻大烏賊揮舞足肢，從那時間的透明疊套噴射出去，不理會我隔著時光的感慨。過年時我們帶一堆小孩在橋下河邊放炮時，他是扯著嗓子喊，鬼點子最多的那個，提議大家弄個篝火，把那些蝴蝶炮、仙女棒，沖天炮、龍吐珠全扔進火裡，弄得一片銀光燦爛，所有小孩的臉全被照亮了。

——選自《聯合晚報・副刊》（2017.5.6）

賞析

病父稚子教人成人。被眼前撲來的經濟、體能、時間負擔嚇傻了的作者，泥足深陷，偉大小說家的目標突然變得遙不可及。那是理想與生活的坍塌，卻又被現實架著不得不前進。

無可奈何還是走過來了。眨眼十六年過去，從換日線間鬣蜥迅行的歡快小子，帶著意興湍飛的性格，與無限好奇心，闖蕩有如遊樂場般的世界。那些困苦、無奈的臉，只限於大人的世界，對孩子而言，只要親長還穩穩撐著，這世間仍如煙花般迷離動人。

隨著父親的病，離世，人生中難以言明也不值表述的種種覆蓋，那些隱密的幸福，彷如被遺忘的紀念日，泯沒於庸碌無奇的日常。曾經在飛行駕駛窗看見新宇宙的作者，在當了父親後，體悟到了「他的時間不屬於你，但你必須保護他。」的承重。

於是，被遺忘的紀念日又以幸福的模樣，照亮了所有孩子的臉。那一刻，隔著時光的感慨，作者同時走過人子、人父的長路，領會到生命賦予我們的種種珍寶，如此可貴。

延伸思考

1. 你有屬於自己的幸福紀念日嗎？那是什麼樣的情景，讓你感到幸福溫暖的是什麼？為什麼可以帶給你這麼大的感染力，是什麼打動了你？請試著以你熟悉的方式記錄下來。

2. 你還記得自己幼時的模樣嗎？你是性格天真爛漫的孩子，還是愛笑愛動，手舞足蹈的快樂寶寶呢？請和我們分享你成長時的各種趣事。

3. 作者在文中回憶，於夜市與老闆達成「大人的默契」。站在作者（父親）的立場，你對「大人的默契」有什麼看法？轉個念頭，如果你是套中活生生小山豬的阿甯咕，你會有什麼反應？（請注意作者在文中對小兒子的性格描寫）作者與父親，及他與阿甯咕，這兩對父子間有何相似之處？請和我們聊聊你的觀點。

作者簡介

駱以軍，國立藝術學院戲劇研究所畢業。曾獲第三屆紅樓夢獎世界華文長篇小說首獎、臺灣文學獎長篇小說金典獎、時報文學獎短篇小說首獎、聯合文學小說新人獎推薦獎等。著有《匡超人》、《讓我們歡樂長留——小兒子2》、《棄的故事》、《臉之書》、《西夏旅館》、《我未來次子關於我的回憶》、《降生十二星座》、《第三個舞者》、《我們自夜闇的酒館離開》、《紅字團》等。

尪嬸

洪淑苓

沛琦秀出她手機裡的一張照片，是過年前，她外婆——我的尪嬸穿上當年訂婚禮服的獨照，她想讓外孫女看看她當年的風華。照片裡，七十多歲的尪嬸穿著粉紅色禮服，歲月如梭，她嬌小的身材彷彿都沒有變過。沛琦說那是外婆自己做的。我知道尪嬸是個裁縫師，卻不知她連禮服都是親手縫製……

我父親有七個兄弟姊妹，最小的叔叔，自我有記憶以來都叫他「尪叔」。這是按照臺灣人的習俗，排行最小的都稱「屘」，「屘」音ban，末尾的意思。如「屘」子，是最小的兒子，「屘姑」是最小的姑姑。

我們是個大家族，大伯母一家、我們、三叔一家和屘叔都住在同一個屋簷下。祖父母早已不在，屘叔到了三十多歲還沒有對象，讓這些兄、嫂很為他煩惱。有一天，我們終於聽到好消息，屘叔相親成功，過兩天會帶他的女朋友回來跟大家見面。

記得那是晚飯過後，壯碩的屘叔帶著一位嬌小的女士回來，那就是我們「未來的屘孀」——那是一九七〇年代，在老式的相親模式中，他們「相看」很滿意，又接著出去「散步」幾次，就表示雙方都很滿意，可以訂婚了。

有品味的裁縫師

「未來的屘嬸」皮膚白皙，細眉大眼，長得很漂亮。她的衣著，也很時髦，黃綠相間的襯衫，剪裁立體合身，搭配白長褲，看起來充滿青春氣息。其實她的年紀也三十出頭了，和屘叔只差幾歲，可是看起來就是年輕，充滿都會氣息。

聽說屘嬸原是鬧區一家服裝社的裁縫師，手藝精湛，很得老闆賞識。但她和屘叔結婚以後，就不再到服裝社上班了。此後，有不少親戚都來找她訂做衣服，屘嬸總是細心為他們量身，討論樣式，然後在筆記本上畫草圖，計算腰身、袖口的尺寸。之後，才在牛皮紙或報紙上畫出紙樣，再用大頭針別在布料上，用「粉土」畫出線條和縫分，隨後才用大剪刀裁剪。接著，送去外面的專門店車布邊，然後拿回來用縫衣機車縫，有時還要一邊整布，一邊熨燙。

來訂做衣服的，大多是女眷，也有孩童。我若是剛好有空，總會湊在屘嬸的工作桌旁邊，看她用藍色、黃色或是粉紅色的「粉土」畫線，然後拿起剪刀來剪布。或是，把布放上縫衣機，屘嬸的腳一踩，手順著車針、齒輪慢慢把布料往前推移。如是，一片、兩片、三片，整件衣服完工可是需要很多功夫的。而剪刀「咖咖咖」和縫紉機「答答答」的聲音，都令我聽得入迷。

屘嬸為那些嬸婆、姆婆、伯母、嬸嬸量身、試穿時，就是她們聊天的好時光。我當然也樂得在旁邊聽她們閒聊，但大多是那些女性長輩在說，屘嬸也只是聽，很少提出意見。現在回想起來，屘嬸合該是個閑靜的人，只喜歡做衣服，細密的針腳，合宜的剪裁，時尚的花色，似乎才是她關心的。有好幾次，我聽見她一邊做衣服，一邊哼著流行歌，很快樂的樣子。

尪嬸真是個有品味的裁縫師，很會設計和搭配，應該稱她服裝設計師才對。她的衣櫃有好多好多漂亮的衣服，襯衫、長褲、洋裝、套裝、外套和大衣，各種款式都有，顏色以鮮豔明亮的居多。她靠一雙巧手幫人做衣服，但我現在才知道她連訂婚禮服都是自己做的。那是一件粉紅色輕紗的連身長裙，袖子在手肘的地方展開如傘狀，更顯得飄逸。

尪嬸幫我做過一件連帽外套，是灰色呢料，她用紅白雙色拉鍊來突顯設計感。有一次，母親把一件舊的粉紅綢料旗袍交給尪嬸，請她改成我可以穿的衣服。尪嬸發揮巧思，做成一件洋裝。她利用旗袍改成洋裝的上身，下身則另外買布連接起來，做成同色的小圓裙，讓當時瘦高的我穿上後更加活潑可愛。長大以後我才漸漸知道，尪嬸設計衣服的風格就是簡單大方，偶爾加個小綴飾。她自己的穿搭也是這樣。

一針一線，愛與耐心

我國中、高中都要上家政課，學習車縫技術。起初是用一塊白麻布練習車直線、曲線、同心圓，後來也做筆袋（鉛筆盒）、圍裙、圓裙等，都是要加縫拉鍊的，技術上更難。我剛開始踩縫紉機，不是太快就是太慢，所以針腳很不勻稱，也常「卡」線。車曲線、同心圓，更是歪七扭八，慘不忍睹。這時，尪嬸就是我最好的家教老師，她教我怎樣車同心圓，要細心地、慢慢地轉動那塊布，眼、手、腳都要配合。車拉鍊更有技巧，一不小心，車針就會戳中拉鍊，於是就動彈不得，針會歪掉、「卡」住，甚至斷掉。更可怕的是，我常擔心，會戳中自己的手指，鮮血直流。還好尼嬸示範給我看，我自己練習時，她還在旁邊不斷提醒。

對尼嬸的記憶，好像一直跟家政課連在一起。還記得有一次是上刺繡，同學都購買現成的十字繡枕頭巾，而我卻想別出心裁，做一個靠墊。於是，我從圖畫書描了一幅兩隻小狗搶鞋子的畫面，並且事先設計好要用的色線，還有米色的布套。我請母親幫我到街上購買，未料母親卻買了鮮黃色的布回來，說是找不到米色的。我一時急了，和母親生氣，頂撞幾句，還哭了起來。我覺得我完美的計畫都被那塊鮮黃色的布給破壞了！

尼嬸聽到了，就走過來安慰我，教我別哭，等會兒帶我去街上再重新買布。於是，尪嬸帶我去夜市尋找布店和手工藝店，終於找到我想像中的米色的布。我把圖案繡好以後，尪嬸幫我車縫成一個靠墊的套子，還加了拉鍊，那拉鍊的針腳自然是又細密又平整。

尪嬸具有「美」的眼光，她幫大表姊做訂婚禮服，是粉橘色的晚禮服，高腰剪裁，腰帶是亮面緞帶裝飾，此外別無贅物，真的是簡單大方，穿上去秀氣又有精神。還記得大表姊來試穿，尪嬸一邊幫她修改，一邊告訴她穿晚禮服要搭配多高的鞋子，怎樣走路才好看。那小心叮嚀的語氣，歡喜的神情，就像自己要嫁女兒一樣。等到我要訂婚時，尪嬸因為照顧孩子很忙碌，視力也不如從前，就無法幫我做衣服了，但她還是陪我和我母親去禮服公司挑選。那裡的禮服大多是蓬蓬裙的公主裝，而我獨獨看中一件美人魚式的長禮服，合身、七分袖加魚尾裙的剪裁，很能襯托高䠷優雅的氣質。我問屘嬸這件好嗎，屘嬸微笑點頭。後來屘嬸又再陪我去試穿、修改，直到完全滿意為止。

那時我們的老厝已經拆掉，我們兩家都搬離原址了，但屘嬸每次都自己搭公車，大老遠來陪我，她的意見不多，但當她微笑點頭，就表示這是上上之選。嬌小的屘嬸，總是可以給人安定的力量。

其實，嬌小的屘嬸一直沒胖過，所以七十多歲的她，穿上當年的訂婚禮服，模樣依然嬌羞美麗，只不過枯瘦許多。而算算也四十多年了，照片裡這衣服還保持完好，光澤動人，可見屘嬸多麼喜愛這件禮服，多麼珍惜她自己的青春歲月和美滿的婚姻。沛琦問我用這張照片好嗎，因為馬上就要交給葬儀社去沖洗成大照片……屘嬸不幸於今年二月因病逝世，享年七十五。

在我心中，尪嬸是個溫柔賢淑的婦人，是一個走入家庭的優秀服裝設計師。她的一針一線，都充滿愛心和耐心，當她踩著縫紉機，拼出漂亮衣裳，她的心也一定是愉快的。如今她也完成人生的責任了，願她走得安詳。

——選自《自由時報・副刊》（2017.06.26）

尪嬸／洪淑苓

賞析

作者在文中追念疼愛她的屘嬸，為讀者描繪出一位溫柔賢淑，走入家庭的優秀服裝設計師。

同住一個屋簷下的大家族，單身多年的小叔叔，相親成功，帶著一位嬌小的女士回來。年輕又充滿都會氣息的屘嬸，手藝精湛，走入家庭後雖不再到服裝社上班，卻不曾放下手藝。她為家族女眷訂做衣服，細心周到，秉持著藝術家的堅持，一針一線將生活追求縫製其間。

屘嬸貞靜賢淑，慧心巧手，她鮮豔明亮的靈魂，收攏在簡約大方的為人處事上。她運用為女眷製衣的時間，調合生活與理想。藉由作者描述屘嬸設計服裝的細節，一個懂得生活的優雅身影翩翩浮現。她教導車縫技術時，總是耐心提醒，安撫哭泣女孩時，溫柔又有行動力。

即使兩家都搬離原址了，趕嬸仍大老遠搭車相伴，陪著女孩不斷試穿、修改禮服。禮服合身的同時，也給予女孩安定的力量，修整即將邁入新生活的不安情緒。

一個能穿進四十年前訂婚禮服的身影，是多麼優雅有堅持。隨時都能將自己最好的一面展現給下一代的女性，多麼讓人敬服與稱羨。千里緣分，讓這位迷人的女性來到大家族中。最幸運的是，當她傾其奉獻，不吝分享時，亦有善緣相合。

當她行過人間種種，仍有人感念她的付出與溫柔，記得她的一顰一笑，這大概是世間最美好的事了吧！

延伸思考

1. 告別是許多人一生中不可避免的功課。作者以溫柔明亮的筆調，懷思伴她成長的尪嬸。全文洋溢著積極向上的成長動能，為我們描述經營人生的優雅典範。離別也可以是一種祝福，學習以更積極的角度看待生命的必經路途，你是否能感受到作者想傳達的那份能量呢？

2. 你有什麼樣的興趣呢？陶藝、木工或是繪畫設計，欣賞音樂或是律動健身，你如何將興趣融入生活，在忙碌的日常，保持鍛鍊，精進技藝呢？請與我們分享你的時間管理妙計。

3. 你和家族長輩的互動模式是怎麼樣的？你以什麼樣的行動讓對方感到你的體貼與窩心呢？

作者簡介

洪淑苓，一九六二年生。國立臺灣大學中文研究所博士，現任臺大中文系教授。曾獲教育部青年研究著作獎、教育部文藝創作獎、優秀青年詩人獎、詩歌藝術創作獎等。著有詩集《尋覓，在世界的裂縫》、《合婚》、《預約的幸福》、《洪淑苓短詩選》，散文集《深情記事》、《傅鐘下的歌唱》、《扛一棵樹回家》、《誰寵我，像十七歲的女生》、《騎在雲的背脊上》、詩集與童詩集《魚缸裡的貓》。

你媽媽是外勞嗎?

陳又津

「你媽媽是外勞嗎?」

二十年前,那個連「外籍新娘」、「新移民」這些詞都還沒發明的時代,有一群孩子想盡辦法用自己的方式回答:

「你媽才是臺勞!」婚姻是人類最早締結的契約,所以妻子也是人類最古老的一種職業——這是小說家安潔拉卡特的說法,我只是加以延伸,幫我的印尼華僑媽媽辯護,如果我十歲就具備這種知識,絕對會用這種方式反擊。

「才不是！我家很有錢！」瑄瑄的媽媽是菲律賓人，爸爸是白領階級，「雖然我家人都叫我不要說」，但為了證明「我家不是你想的那樣」，小時候總有意無意透露「我用的東西很貴喔」，「我家的經濟狀況很好」，暗示著你根本沒資格歧視我。

「不是！你再說我打你！」傑克身高一百八十公分，可是「初」這個罕見的姓，讓他在客家庄備受欺負。長大以後到同學家玩，才知道同學母親也是講客家話的印尼華僑，大家都有一樣的媽媽，只是傑克的爸爸來自山東。

成年以後，我們因為新移民二代的身分相遇了。

說到外勞，我們都有一種熟悉又陌生的默契，害怕自己被以為是他們，但又不知道他們到底是誰。

瑄瑄常常被問：「你是原住民嗎？」

「不是。」回答之後，除非她覺得對方可以相信，那就有下一句：「我媽是菲律賓人。」但隨之而來「喔」、「很好啊」，一陣尷尬，明明自己好好回答了，反而造成別人的困擾。瑄瑄也說不出來自己到底期待什麼，但她最討厭別人說：「講幾句菲律賓話來聽聽。」「你是誰？我為什麼要講給你聽？」瑄瑄很想這樣回答，但她沒說什麼，只是今年九月跑來學菲律賓文，結果發現學的是菲律賓北方話，不是她父母說的那種南方話。

瑄瑄知道皮膚黑是沒辦法的事，乾脆曬得更黑，最好能像碧昂絲，結果曬了半天只是脫皮，「臺灣原住民和碧昂絲都是帶紅的黑，菲律賓黑就是土的顏色，所以不是曬太陽的問題，是基因的問題。」原來皮膚黑有這麼多層次，聽瑄瑄講了我才知道。

小時候的我就知道了。只有成績贏過其他同學，才能回答「你媽媽是外勞嗎？」這個問題，最好讓他們沒機會發出這個問題，只要我媽媽永遠不要出席家長會就好。

十年過去了。

張小弟跟我同樣住在臺北三重，念私立國中，班上成績頂尖，差別是我母親來自印尼、他母親來自菲律賓，但只因為他的膚色比別的同學深，就被說是沒洗澡、身體臭，如果我晚生十年，是不是也必須證明自己「不是」什麼？

我記得某次月考前夕，同學神祕兮兮地說，那個誰誰誰說這次月考要幹掉你喔。我沒有因此特別準備，倒是發現「原來我一直是班上第一名啊」，沒人下戰帖的話，大概不會意識到這件事吧。現在我可以笑著講這件事，當然是因為我贏了這場遊戲。

但是傑克沒錢沒勢，「你媽媽是外勞」這句話一定會如影隨形，成為被欺負的理由。雖然欺負人也不用太認真的理由啦。

總之，傑克揮拳了。一百八十公分的身高，保障了他平靜的國中三年。

※　※　※

我們成長的時候沒聽過「新二代」，不過我們不站出來的話，別人該怎麼辦才好呢？我們在這個暖洋洋的冬日下午，相約在《燦爛時光》書店，交換童年的記憶。

我記得另一個沒機會訪問的孩子，他現在三十多歲，還在照顧纏綿病榻的九十多歲父親，他的碩士論文就在寫自己的背景，其中一句話：「我們二十歲就在做別人五十歲才在做的事。」

難怪世界上有人說老靈魂，那不是詩情畫意的想像，而是我們的父母跟別人差了兩代，提早看到生老病死的進程。

我們也常常是獨生子女。有的是父親在幼稚園離世，有的久臥在床。

少子化、長期照護，這兩個同樣很新鮮的詞，突然明確描繪出我見到的一切。關於榮民與晚婚，我們是最後的見證者，但在企業經營婚姻移民浪潮襲來之前，我們又是最初的先鋒。

最後的，也是最先的。

農村長大的孩子說，他小時候最常參加廟會和葬禮，因為身邊都是老人，我的童年也一樣環繞著榮民阿伯，但我從未參加這些人的葬禮，也許他們不好意思通知我父親，也許我父親自己一個人去弔唁，或許他們早就斷了聯絡，或許阿伯最後孤零零躺在某個地方而我不知道。知道了又怎麼樣呢？我連他家在哪裡，叫什麼名字都不知道。

「後來怎麼了？」這個問題如今已經沒有意義，他們多半不在人世，就像新聞會下的標題：「無緣死」、「孤獨死」。

※　※　※

在別人的故事裡，或許能看見自己的影子。

我們都曾傻傻地問自己：「我是臺灣人嗎？」或者先被別人問了，才想到：「難道我不是嗎？」如今終於有機會面對面，把自己的答案說出來，這時候，我們發現彼此根本不一樣。把我們帶到這裡來的，只是一個微小的希望：「這個人說不定能聽懂我說的話。」

「你媽媽是外勞嗎？」「我是臺灣人嗎？」「單身嗎？」「幾歲？」「你是男／女生嗎？」「你大陸來的喔？」這些問題都差不多，只想把我們劃出界線。當我們好不容易解決了「你媽媽是外勞嗎」這個問題，才終於想到，要繼續回答「我是誰」這個疑問。

換個時空，如果瑄瑄、傑克跟我同班，瑄瑄可能是那個班上最早拿新手機的女生，我還在討老師歡心，看不順眼瑄瑄那樣的人，以為這年紀只有課業最重要；傑克忙著練球，不想管那些自己無法改變的事，卻用無微不至的體貼，把流浪的小貓帶回家飼養——畢業以後，這三個人應該也沒什麼交集。

然而，我們現在一起扛起新二代的這面旗子，雖然有點沉重，但這個標籤至少讓我們這些先長大的孩子，在大人的這一端等待，告訴未來的孩子說：「你絕對不是孤獨一人，你看，我們都好好長大了，你一定也可以。」

天黑了，在書店相遇的那個下午之後，我們各自回家，回到那個我們來的地方，或許搭捷運，上網登入臉書；或許在夜市打包晚餐；或許跟朋友借上課筆記，打開聽說很好看的連續劇，跟旁邊的臺灣人一樣。呼吸一樣的空氣，拿一樣的身分證（也可能拿不到身分證），思考自己未來要成為怎樣的人，不知不覺間，早就脫下了新二代的身分，這個時候，才成了一個普通得不能再普通的普通人。

——選自陳又津的部落格（2016.12.03）

賞析

《燦爛時光》書店開張不久，正進行田野調查的作者，在書店門口訂下她的演講題目：「新二代書寫」。

在她成長時，沒有「新二代」這個名詞，等回過神時，自己已被歸類在標籤下。促成一場場訪談的背景原因，原是為了了解自己不知道的事，期盼「在別人的故事裡，或許能看見自己的影子」。

背景相似的「混血兒」們，交流彼此生活的處境與想法。作者將之整理記錄，成了第一節中的訪談摘要，以各種角度剪影，呈現身分認同的衝突與隔閡。相似的處境，發展成不同的故事，卻連根共樹，同情共感。

這群最後的見證者，此刻再次擔起最初先鋒的角色。藉由訪談紀錄，傳達經驗與勇氣，讓提早看到生老病死進程的老靈魂，在顛躓的成長路上，有走下去的信心。

外貌與背景看似區分了什麼，深究其中，才知被同一個問題攏聚的人們，各自擁有不同的故事。標籤之下的界線如此模糊，一層層剝開，「我是誰」終成所有人畢生求解的課題。

所有的區別與歧異，都直指一個真相：其實我們都不過是個「普通得不能再普通的普通人」。

延伸思考

1. 作者呼籲加入「新二代書寫」，希望有更多人關注這個議題，書寫相關的故事與經驗。請上網搜尋，了解這篇文章的寫作背景。歡迎你加入共同書寫的行列。

2. 作者提示，「我們都有一種熟悉又陌生的默契，害怕自己被以為是他們，但又不知道他們到底是誰。」你真的了解你拒絕或閃避的人事物嗎？仔細想想，也許你不像你想的那麼有把握。試著花一點時間了解，能獲得許多意想不到的感悟。

3. 你清楚自己的家族圖譜嗎？試著從自己開始，描述家人，包括彼此的互動與相處模式，盡可能的將你所知道的家人都納進來，測試看看你對「自己」有多了解。

作者簡介

陳又津，一九八六年生，專職寫作。臺灣大學戲劇學研究所劇本創作組碩士。二十七歲時以風格鮮明的《少女忽必烈》登上《印刻文學生活誌》封面人物。美國佛蒙特藝術中心駐村作家。二〇一〇年起，陸續獲得香港青年文學獎小說組冠軍（〈長假〉）、教育部文藝創作獎劇本佳作（《甜蜜的房間》）、時報文學獎短篇小說首獎（〈跨界通訊〉）、文化部藝術新秀創作發表補助、國家藝術基金會長篇小說補助。入選《九歌一〇三年度小說選》。

你媽媽是外勞嗎？／陳又津

她不怪

田威寧

其實只要我登高一呼，馬桶蓋女孩即使不會瞬間得到知心好友，但絕對不會形單影隻，但我就是做不到。一段時間過去了，終於有位平常話不多，卻也不算內向的同學挺身而出……

我讀過一間同時容納五千多人的小學，那小學座落在傳統市場與大馬路之間，裡裡外外都並肩雜沓喧喧擾擾，夾在中間的孩子們也應著環境的拍子，衝來闖去一刻不得閒。我本來從正門上學，後來發現若改由後門，每天可以多睡五分鐘。因此，隔天早上就穿越百味聚集又總是溼漉漉的市場上學了。好在清晨七點多，市場多半是菜販肉販以及各種小生意人，個個一把幾乎一模一樣的銀色或深藍色推車，來來去去地裝貨卸貨。市場外圍的側邊，擺著許多幾乎到成人胸部那樣高的橘色膠桶，每桶都裝著滿滿的酸菜，鎮日散發一股令人掩鼻的氣味，我每次都用小跑步的方式速速通過，生怕多耽擱一會兒就要沾上那嗆人的酸。

那天，每個人進教室時都愣了一下——最靠近走廊的角落多了一張桌子，有個頂著一頭馬桶蓋的女孩低著頭看書。在喧鬧的教室裡，那個馬桶蓋女孩顯得格格不入，不只是因為她是陌生人，更因為她長得「怪怪的」。老師來了之後，交代：「班上多了一位新同學，相信大家都看到了，坐在角落的那個。以後大家要多多照顧新同學。現在大家鼓掌歡迎。」僅此而已。

老師通常會要新同學上臺自我介紹，那次是唯一的例外。中午吃飯時，我終於知道原因了——因為新同學是腦性麻痺患者。當然那時我還不知道這個名稱，只是在電影和電視裡看過一樣特徵的人，但一看就很難忘記。

後來班上都有默契地叫新同學「馬桶蓋」。女生多半是私下講，有幾個較晚熟的男生當著人家的面就叫了出來，倒也不見新同學的慍色，只不過，我注意到她後來慢慢地把頭髮留長了一些，瀏海也漸漸地分邊了。

馬桶蓋女孩皮膚慘白，不高，瘦成一把骨頭，看起來比較像是三、四年級的體型，她的眉毛又長又濃，眼睛很大，但眼神帶有一種抗拒的姿態，前排牙齒很大且微微外傾，因此嘴巴闔不太上。印象中我沒看見那張略歪的臉有過笑容，不過倒也沒見過她怒氣沖沖的樣子。馬桶蓋女孩不需倚靠助行器，但下肢缺乏力量，雖然站得穩，但行進時手會不自主地前後大力搖晃，不協調的動作很引人注意。她似乎沒有主動和別人說過話，班上也沒人主動接近她。畢竟在小朋友的世界裡，有這樣「不正常」的朋友是件令人尷尬的事，遑論和她一起玩了。馬桶蓋女孩總是在角落挺挺地坐著，安安靜靜地看書。

我總是得到導師「活潑樂群」的評語。我非常喜歡把別人的事攬在自己身上，那樣會給我滿滿的成就感，就某種意義而言，恐怕也是「把自己的快樂建築在別人的痛苦上」吧。儘管如此，我罕見地難以突破心理障礙——明明知道馬桶蓋女孩需要幫助，但我從沒主動攙扶她上下樓。

自我說服的說法是「讓她自己來，她才能自在。」深層原因當然是我不希望被別人看到我和她在一起，那樣會讓我覺得難堪。發作業和考卷時，我對別人是叫名字讓人到講臺領，對馬桶蓋女孩則每每是直接送到她的桌上，這樣連名字都不必叫，那時的我竟連在公眾面前叫她的名字都會感到彆扭。馬桶蓋女孩每天只是安安靜靜地坐在角落，吃力地寫著歪歪扭扭的字，慢吞吞地吃飯。

其實只要我登高一呼，馬桶蓋女孩即使不會瞬間得到知心好友，但絕對不會形單影隻，但我就是做不到。一段時間過去了，終於有位平常話不多，卻也不算內向的同學挺身而出，主動幫馬桶蓋女孩把便當放進蒸飯籃，每天早上背她到操場參加升旗典禮。不僅如此，放學時還留最後一個，只為了背她下樓，甚至主動護送同路隊的馬桶蓋女孩回家。在孩子的世界裡，這些義舉簡直是不可思議到極點！覺得「生活與倫理」課本乾脆直接寫這個同學的例子算了。那位同學立即變成大家津津樂道的話題——即便她做這些事時極為低調。但怎麼低調得成呢？

英雄換人當了，我為此悵然若失。我本來想教馬桶蓋女孩功課，作為某種形式的亡羊補牢，不過因為她曾因手術而休學一年，所以我們的進度對她來說是舊經驗，並沒有跟不上的問題，只是寫考卷的速度較慢而已。那段時間，學校生活以一種令我納悶的形式走著，我吃力地跟著卻總是落拍。最令我納悶的是老師從沒公開表揚過那位行善的同學。而且，我也注意到除了一些需要協助的特定時刻，那兩人並沒有任何互動或交談，我甚至發現她們在不得不四目交接時，彼此都流露某種尷尬的表情。

某個星期天早晨，我騎單車經過某條巷子，突然看見英雄從某間房子走了出來，我正要騎過去打招呼，卻在兩秒鐘後突然煞車，撇過輪子也別過臉——英雄和馬桶蓋女孩在母親一手一個的陪同下走了出來。

原來她們是親姊妹。靜心一想，兩人的眉眼的確神似，尤其是那對濃眉。

我記得那天我震驚到說不出話來，但我記得非常清楚當時最深刻的情緒是憤怒。我感到胸口冒出一團火，臉都紅了。我知道英雄和馬桶蓋女孩都沒有發現我。我被迫守著這個祕密。當晚我睡得相當不好，翻來又覆去。

隔天我睡過頭，眼看著就要遲到了，抓起書包就往外衝，經過傳統市場時，我卻沒有力氣再跑了，只好氣喘吁吁慢慢走。眼看是來不及了，倒生出閒情逸致數到底有幾個大橘膠桶，並親眼看到市場裡的人如何拿出那些酸菜。然後，一整天都疑心自己身上有酸味。我很想問人自己是否散發怪味，但實在拉不下臉。我那天不斷經過那對姊妹，測試她們對我的反應，卻只是得到「自己這樣真蠢」的結論。

到畢業之前，我都沒再和那對姊妹說過話，出於一種自己也說不明白的原因。而且，我也不再吃酸菜了。

——選自《聯合報・副刊》（2013.11.03）

賞析

作者生動的筆觸，瞬間將我們帶至被市場氛圍籠罩，紛雜擾嚷、橫衝直撞的小學生活中。充滿活力的班級裡，來了一位因手術而休學一年的小姊姊，她安靜又緩慢，與整個班級格格不入。

她的不一樣，讓同學們都覺得怪怪的，不知如何相處，轉而用綽號揶揄。作者跟著圍觀，從分邊的瀏海，看見小姊姊沉默的回應。

敘述的同時，作者也細細剖析，還原當時彆扭、失落、納悶與憤怒的內心變化。以穩定的筆觸，將回憶中的當年，線條清晰地鋪排開來。

身為領路人，作者抽離所有反思或自我和解的可能，只是將這件事盡可能地記錄下來。表面上，只是一段記述。但我們要注意寫作的「時間點」。人世行旅的眼睛再回眸，下筆的技巧、字句與形容，都值得琢磨。

穿過市場，帶著疑心的酸菜味，尷尬又難堪的，豈止作者。這種不安難堪，亦可套用在小姊妹身上。不知所措，困乏窘迫的也許不只班上的同學，即使是導師，在記述中也抓不住引導的方向。

單看是作者的情感，但延伸至全文，代表的是普遍共感的無措。

多年後，仍教作者提筆記下的，並非憤怒或蠢笨的自我糾結，而是無法釋懷、不可挽回的如果。當我們經歷更多，從坎坷中懂得溫柔待人的珍貴時，「如果當初……」的遺憾自會浮上心頭。

作者以〈她不怪〉為題，對那段歲月抱憾的歉然已說明一切。

延伸思考

1. 你有（堂表）兄弟姊妹嗎？你為他們做過最貼心的事是什麼？如果可以，你希望自己在他們心中的評價是什麼？怎樣朝你心中的目標邁進？

2. 你的小學生活是什麼模樣？有令你記憶深刻的趣事嗎？試著將它寫下來。現在，你有一個很吸引人的故事，請趕緊透過各種媒介與周邊的人分享，並蒐集反饋，讓它更完美。

3. 書籍《他不笨，他是我哥哥》與電影《她不怪，她是我妹妹》都是感人之作，你覺得〈她不怪〉與他們有什麼共通點？你最喜歡故事中的那個部分？打動你心的關鍵是什麼？

作者簡介

田威寧，一九七九年生。北一女中國文老師。不戴項鍊戒指是因為不習慣戴項圈。沒有存款是因為不喜歡臆想明天。明天的事，就留到明天再說吧。至少每個今天都很快樂。單身女子害怕許多事，但最害怕的還是無法順從自己內心的聲音。心中的鼓聲鼕鼕鼕鼕，這個冒失又自我中心的女子學不來優雅地踽踽獨行，而只能又蹦又跳地往前衝。不求轟轟烈烈，但求一個過癮。著作有《寧視》一書。

她不怪／田威寧

當我參加她外公的追思禮拜

廖梅璇

冬季最冷的一天，我和我女友去參加她外公的追思禮拜。

我和女友都是女的。

最初見到阿公，他是個寡言的高大老人，一身錚錚鐵骨撐起日式教育傳統大男人的威嚴，只對外孫女溫顏軟語。女友幼時跟阿公阿媽住，獨占老人的疼寵，與其說是外孫女，更像老來生的屘女。阿公中風後，家人把阿公安置在附近療養院，女友和我時常去看他。我看著阿公逐漸衰朽，直到某個深夜接到他過世的消息，享壽九十。

追思禮拜當天，女友舅舅開車載我們一行人到教會。女友母親打開車門，按住紛飛灰髮，眼角皺紋蝕進髮鬢。我知道她是緊張的。她出身南部仕紳家庭，上一輩在日本時代便紛紛前往日本留學，為家族注入開明氣息，並保留了本省家族的拘謹教養。到女友母親這一輩，形容舉止仍散發著舊日大家風範，像日光靜靜停駐在善本書上，雖然眼看就要翻頁了。

這些軼聞都是聽女友說的，我認識她父母弟弟舅舅舅媽表弟表妹，但沒出席過大家族親戚聚會，只見過姨婆舅公們的照片。畢竟要對親戚介紹我們的關係，太不方便。

不方便，儘管我們已經同居十一年，我和她的關係，仍是不方便公開的真相，脫離了倫理學範疇，踰越了對性別與愛情的想像，甚至沒有一個稱謂來界定歸類，嵌進親屬網絡，焊進家族樹圖譜。過去顧慮女友，我也迴避掉家族相聚的場合，獨自在兩人蝸居的公寓等女友回來，聽她描述親戚的精采人生。

然而，一種奇特的心理驅使我告訴女友，我想參加阿公的追思禮拜。我想親眼見識穿梭在女友早年生活中的身影，考掘我們愛情的史前史。同時，我覺得即使沒公開出櫃，光是在家族聚會現身，就是一種對抗沉默社會壓力的宣示。

女友於是跟母親說，阿公過世前幾年，我去探望他的次數比其他親戚多，理當擁有追悼的權力。她說，假使親戚問起我的身分，她打算說是朋友，他們能領略就領略，不懂也無所謂。我能理解女友性格裡缺少出櫃戲劇性的壯烈，對「朋友」的稱呼卻略有不滿。儘管我的性傾向讓我背離人群，潛意識還是渴望得到認同，尤其是女友家人的認同。

但我不想為此跟女友嘮叨。阿公阿媽於她比父母更親。阿媽幾年前先走了，剩下阿公，如今阿公也離開了。有些深沉的哀傷是只能一個人浸沐，不容侵擾的。

我們魚貫走進教會，工作人員在每個人衣服貼上金色十字，一人發一本追思錄，裡頭集結了親人的追悼文章。女友母親是虔誠的基督教徒，多年來努力在信仰與女兒同志身分的衝突間保持平衡，愛屋及烏極照顧我，但她所屬的教會有不少反同聲浪。我低頭瞅著被按到胸前的金十字，感覺自己像黑羊得了白化症，被誤標成上帝的純潔羔羊。

會堂有三排座椅，中間一排前兩列是家屬專區，女友的父母舅舅舅媽表弟表妹坐第一列。我坐第二列靠走道的位置，女友坐我身旁，另一邊坐著弟弟弟媳姪女。我將脖子縮進大衣裡，翻看追思錄，盡可能保持端凝姿勢，像一個宴會裡生疏面孔的客人，尷尬但不失莊重，讓人看了即使起疑，也覺得這人有坐在這裡的正當理由。

背後人聲漸嘈，我轉頭望去，門口湧進一波黑大衣，向座椅蔓延過來，擠在過道，握著女友母親和舅舅的手。前來弔唁的親友大半兩鬢灰白，多年不見，久久凝望著彼此溝壑崎嶇的臉面，比對記憶中的形象。有些稚嫩面孔混雜其中，那是女友表姨舅們的孩子，雖與女友同輩，年紀相差十多歲。家長拉著兒女向親友介紹，親戚們知曉身分後驚嘆聲四起，拉過手端詳年輕臉龐，搜索其間流逝的恆河時光。

寒風一直從門口灌進來，空氣卻微微稠密起來，親戚們克制的親密與關懷讓人有些窒息，但又不是不舒服，大約這就是女友形容的仕紳家族教養了。

突然人群起了一陣騷動，讓出一條路，一位個頭大約只到我肩膀的老太太緩步走來，積霜白髮下，臉龐枯縮了仍然雍容，珍珠胸針扣住羊毛披肩。女友對我悄聲說：「是二妗婆。」二妗婆是阿公僅存的同輩人了。親戚們簇擁著她，自報家門，提點老人自己是誰的兒子女兒媳婦女婿，二妗婆含笑頻頻點頭。冷空氣裡悲喜交融，近年不是晚輩婚禮，就是長輩喪禮，黏合家族團圓。

女友和弟弟弟媳表弟妹都起身去迎接二妗婆，剩下我一個人，夾在最前頭兩列長椅間，像凸起一顆疙瘩般觸目。有些人注意到我，低聲猜測我的身分，所有人都搖頭，表示不知道來歷。我想起一些廣為流傳的故事，比如告別式上出現一張可疑面容，事後家屬才得知是死者的私生子。這類家族儀式讓人分明感覺到空氣中無形繃著一條線，劃分內外區別。

拱肩坐到僵痛時，我轉過頭窺看後頭。不巧二妗婆與我對上眼，她頭傾向一個親戚，瞇眼不確定地低語：「啊……這是啥人的查某仔？」親戚定睛看了我一會，搖搖頭。她們的對話雖輕，仍清晰傳入我耳中。我尋找女友的身影求援，看到人群中她和弟弟一同向親戚致意，臉上流露我所不熟悉的恭謹，瞬間拉遠了我們的距離，很明顯的，她是這家族的後裔，而我是冒失闖入的外人。二妗婆轉頭問其他人，對方似乎沒聽到，也就算了。我臉頰微微發燒。在寒流中，女友家族體內基因相似的血液蒸騰成熱氣，籠罩著這群人，而我陷在寒意裡，倚賴自身的羞窘取暖。之前跟著女友家人上車時，期待能搖撼異性戀體制的勇氣消瘪了，我覺得自己渺小又可笑。

親友大致到齊，坐滿了教會。唱詩班上臺唱了兩首詩歌後，換一位傳道上臺，對臺下諸親友講述阿公生平。親戚們逐漸對冗長的講詞感到不耐，皮鞋摩擦地板的嘎吱聲和輕咳竄了出來，下意識抗議傳道作為家族外人，壟斷追懷故人的寶貴時間。

耳邊刮著傳道的絮叨，我想起和女友一起去安養院看阿公的日子。阿公中風後，後半生的記憶隨著腦血管爆裂坍塌，只餘下關於故鄉的斷垣殘瓦，伴他大半生上班通勤的腳踏車，和坐在腳踏車上揮舞著小胖胳膊的外孫女。他的短期記憶力趨近為零，話傳到耳畔還未成形便消散，我們得重複好幾遍，他才勉強吐出幾個破碎詞彙回應。女友想引阿公多開口，常提醒阿公，我上回來看過他。阿公總是面露困惑，抱歉地說：「按呢喔？」

有一陣子阿公血液鈉含量過低，常處在昏睡狀態，我們就坐在床邊，聽紗窗外收音機傳來哀愁的臺語歌，等他醒來。點點老人斑從阿公稀疏白髮下的頭皮蔓延至浮腫臉頰，眼縫張闔間剩下一線。

去安養院的次數多了，負責照顧阿公的印尼看護認得女友和我，不避諱在我們面前掏出阿公的陰莖，替他排尿。澄黃液體潺潺流入尿袋，那陰莖不過是一截乾燥的肉，完全讓人無法聯想到性。我非常震動。阿公一生脾氣倔硬，臨老卻不得不馴順地任人擺弄。

看護常幫我們把阿公從床鋪移到輪椅上。他像一袋骨骼，裝在乾癟皮囊裡晃動，隨看護動作撞來撞去，卻又出乎意外沉重，看護一時扛不住，一截身軀便直直往下溜。然而她究竟年輕，棕褐手臂一使勁，就把阿公穩穩抱起，塞進輪椅。

臥病晚期，阿公喉嚨時時滾動著痰糊，他會伸出裹著手套的手，顫巍巍想扯落鼻胃管，女友趕忙按住他的手。阿公緊皺著眉，抖著下頜贅皮，嘴巴一抿一抿，上脣包著齙牙，像鼓鼓含著滿嘴的話，說不出口。

我望著女友拉著阿公的手，她遺傳了阿公的深刻人中和粗短手掌，祖孫兩人臉對著臉，有那麼一瞬，我錯覺阿公的枯敗面容貼覆在女友臉上，乾萎手掌蜷在我掌心，像一把老薑。我悚然意識到，我和女友一直游離於世俗的親屬網絡外，等我們老了，沒有子嗣，沒有親友的扶助支撐，是否四顧茫然，只有彼此可以依存？女友母親每天來安養院陪伴阿公，阿公尚且不能忍受無法自主行動的屈辱，頻頻萌生死念。當我和女友年邁，如何承受孤立無援的悽惶？我和她，我們都是多病的人，深知疾病會讓病人淹溺在感官痛癢，無暇回應愛，慢慢將相處變成煉獄，恐懼像一根粗茸貓尾，在我心上掃來掃去。

但某個陽光爽暖的日子，或許是空氣裡與南部故鄉早夏相仿的氣息，喚醒阿公沉睡的心智。那天阿公反覆詢問女友多少歲，又問我的年齡。三十幾啦？嫁了沒？還沒喔？阿公點點頭，立刻灑落了記憶，繼續問同樣的問題。為了讓阿公能留住丁點訊息，我們一遍遍回答，直到阿公恍然大悟，反覆說，你沒嫁，你嘛沒嫁，你們住作夥？阿公的淺色眼珠一如晴空，沒有絲毫雲翳。好，好，按呢好。他點點頭。

回到家女友和我才會意過來，阿公是說，我們住在一起好。他不像某些偵測我們關係的長輩，說兩個人互相照顧也好，來緩和觸探到同志話題邊緣的尷尬。他只說，按呢好。

唱詩班歌聲靜下，終止了我的追想。女友母親上臺，撫撫灰白捲髮，指示投影機放出阿公的照片，第一張年輕清俊的模樣在場誰都沒見過，認識這少年的人都不在世上了。歲月跳接到中年嚴肅剛直的阿公，抱著襁褓裡的嬰兒端詳，眼神透出對第一個孫輩，一個美麗新生命的驚奇。接連好幾張照片都是女友兩三歲時和阿公的合照。小女孩的肥嫩雙腿掛在阿公肩上，阿公仍板著眉眼，只有嘴角流露一絲笑意，與小女孩的咧嘴大笑相呼應，笑開三十年前的湮黃時空。女友忍不住啜泣，我掏出一疊衛生紙給她。

一幅幅照片掠過投影幕，像是重新演練一遍歷來的家族聚會，照片中人正是女友跟我說過無數次，回憶中長輩風華正盛的樣貌。阿媽姨婆穿著溫雅日式套裝掩嘴巧笑，舅公們神采奕奕，女友母親和表姨們彼時仍是時髦少婦，年幼的女友和表弟妹依偎大人腿邊。會堂嗚咽聲四起。老一輩身上流動的家風，一種矜持的自傲，已隨長輩先後過世流散，而浸淫在這氛圍中長大，女友母親與姨舅那輩正邁入黃昏餘暉。旁觀眾人的傷懷，我思索著，我與生於這家族的女友相戀，我喜歡她身上沾染的老式教養，但我究竟是個外人，我從未參與過他們的言笑晏晏。隔著距離，我體會到他們對過眼繁華的鄉愁，但也明白了女友作為一名女同志，如何溫和叛離了她所依戀的傳統，堅持踏出自己的人生途徑，而突破藩籬，恰是六十年前長輩從日本帶回的新思潮。

「我們終了，神的開始，我們有限，神無限……萬事都有定期定時，唯有父神知道。」最後一首聖歌響起，陣陣冷風彷彿被時間的壓力灌入會堂，掃過每處蒙塵的角落，撲滅生命種種可能。我的視線隨著歌聲拔升至穹頂，赫然見到上帝的雙眼凜凜俯瞰眾生，不分男女老幼人人局限在各自的位置，無所遁逃。我閉上眼，感覺層層衣物底下的身軀驟然老去。

再睜開眼，阿公飽經病痛折磨後的寧靜眼神，取代了上帝的凌厲凝視。

唱詩班下臺。親戚們再次擁上，圍著女友母親和舅舅握手擁抱，二妗婆的冷銀白髮埋在一堆大衣肩膊間，似乎斑駁了些。

三姨婆的兩個孫女來找女友致意，兩姐妹眼眶泛紅。去年她們的祖父和父親相繼過世，兩次告別式女友都去了，今年三人又在同樣場合碰面，下次相見可能又是喪親之際。我看著她們輪番擁抱女友，想起我上次在電影院偶遇她們，已是七、八年前。我們這世代的人，似乎是在透支青春將盡，才在一次次葬禮中逐漸長大，認知到衰老與離別。

禮拜結束，女友的母親和舅舅站在教會門口送客，親戚陸陸續續散去，撐傘走進綿綿細雨，泯然於灰濛街景，再也分不清誰是誰。我走出教會，撕下衣上的金色十字。雨絲被風斜刮進大衣領口，我把手插進女友大衣口袋取暖，摸到一團衛生紙，溼黏半乾。

走回家時，經過安養院巷口，我想起阿公的床位已經空了，看護或許正在為另一個老人導尿，床邊不知是否擺著同一張空椅？生命是不毛岩漠，我和女友在飛砂走石中結伴匍匐前進，望不見終點，前頭長輩背影一個個佝僂著走進煙塵，回首後方卻空無一人，只有影子忠誠尾隨。

還好現在我們要回家了，我們兩人的家。將來有天我們或許拐個彎，再走進安養院，躺臥在隔鄰兩張床上，在病痛的囹圄裡，凝視獄友親愛熟悉的臉。再後來，我們會同往那處。我和妳一起，便不會太害怕。按呢好。

——選自《當我參加她外公的追思禮拜》，寶瓶文化

賞析

藉由參加追思禮拜，作者娓娓道出身為伴侶複雜糾結的心情，經過梳理，條理分明地呈現在讀者眼前。

作者以理性審視生之困境：不能融入的窘迫、無法迴避的衰老、現代與傳統的拉扯。對文字臻至毫釐的掌控力，使文句自然簡約，情感濃厚。

讀者從文中見到仕紳家族的大家風範，在矜持的自傲中，感受女友及其家人的愛：若非愛到極致，一心為家人的幸福著想，怎能違背長年接受的傳統教育，接納她們，多加照拂？

為此，維繫情感的過程中，作者亦能尊重不容侵擾的哀傷，忍受在場的孤獨。所有的恐懼、悽惶皆由愛而生，也因愛泯然於灰濛街景，人與人再無分別。

擁有愛的人，自然會為彼此的將來考慮。即便未來可能困在病痛的囹圄中，有人陪伴，心就靜了，「我和妳在一起，便不會太害怕。」

正如阿公晴空般的眼眸注視，按呢好。

延伸思考

1. 作者以簡約精準的文字，自然透明地將想法傳達給讀者。看似清淡，選詞用字卻穩妥恰當，比如以「像日光靜靜停駐在善本書上」，運用「善本書」的價值與內涵，形容女友母輩的大家風範。「雖然眼看就要翻頁了。」又道盡歲月流離，時代翻蜷的缺憾。這些一言難盡的情感，全濃縮在適切的比喻中。請再次閱讀本文，細細品味。劃出你欣賞的段落，分析它吸引你的要點。這可以幫助你精進比喻的使用。

2. 文字可以鍛鍊，但生活的感悟才是靈魂。閱讀他人的作品，感受其中細膩的情感，可以讓我們的思路更廣闊。作者在文中提出了：多元成家、老人照護、人生的終極孤寂及傳統與現代的拉扯等議題。每一樣都值得我們細細思索，你如何看待種種的人生難題，請與同伴分享你的想法。

3. 文中有許多對比與衝突的描寫。比如信仰、性傾向、外人與故人的界定。在人物代表方面，著重於二妗婆出場的描寫，隱隱與作者的處境相襯，家族風範最後的遺留者，與新世代相守的伴隨者。但無論如何的對立與衝突，終將走入人生的不毛岩漠。正因殊途同歸，才顯出作者摘錄阿公囈語「按呢好」的深意。你如何看待這場追思禮拜背後隱藏的愛與包容，請試著以文字整理你的想法，記錄下來。

作者簡介

廖梅璇

一九七八生，嘉義人。善於失眠，喜陰溼，背對鏡子面朝苔綠，在詩、散文和小說間切換電頻，著有詩集《雙耳的對話Dialogue des oreilles》、散文集《當我參加她外公的追思禮拜》。

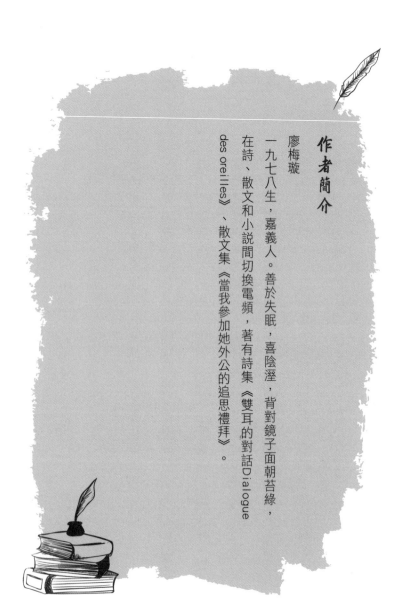

當我參加她外公的追思禮拜／廖梅璇

路易和他的棒球帽

胡晴舫

我在鎮上碰見路易。早晨八點，春寒料峭，他拿著一杯熱咖啡和一袋三明治，戴著他慣常的棒球帽，朝我們大樓走來。我道聲早安，他規規矩矩向我鞠躬：「新年快樂！」雖然已經三月底了。

第一次在大堂攔下路易，我試圖跟他解釋關於包裹的事，我每講一句，他重複一句，「今天有件大型包裹，但我現在要出去……」「今天有件大型包裹，但我現在要出去……」「我的意思是……」「我的意思是……」我改變我的策略：「可能要請你告訴卡洛斯……」路易原來死盯著我嘴唇開闔的眼珠子噠噠轉動了：「卡洛斯不在。」「我知道卡洛斯不在，所以我想請你告訴卡洛斯……」「卡洛斯不在。」我改口，「沒關係，我待會兒見到卡洛斯時我自己告訴他。謝謝你，路易。」路易鄭重回答，「不客氣。」

有位鄰居老先生原來在查信箱，此時過來，悄聲告訴我，「你可能注意到了路易有時不太容易溝通。路易就是路易，我們不管他。」

我住的這棟公寓是名副其實的老人公寓，百分之九十的住戶超過七十五歲。他們因為上了年紀，眼力衰弱，四肢漸漸無力，再也不能天天開車，整理一間帶花園的屋子，全都搬到小鎮唯一的公寓樓，他們稱作「人生瘦身」；同時，他們的子女繼續住在郊區大房子裡養兒育女，過著像他們以前活力十足的豐盈生活。

我雖然中年，一搬進來立刻成為整棟樓最年輕的住戶，很快地，我必須幫許多老先生老太太開門，提東西上樓，陪他們聊兩句，讓他們輕捏我的臉頰，彷彿我才五歲。我不必要地知道了他們每個人有多少孩子，每個孩子以及孫子的名字，聽他們抱怨成年了的孩子如何為了金錢與他們爭吵，接著讚嘆最近那些孫兒又說了怎麼可愛煞人的天真話。有人要我喊他們乾爸乾媽。他們似乎都非常寂寞，但，他們也都極力表現他們的獨立，完全不需要陪伴。

但他們無論如何提不動自己的雜貨，不能搬動行李或任何箱型重物，無法處理大型垃圾，這時候他們就會喊路易。路易就像這棟大樓的幽靈。平時，見不到他的蹤影。但這棟大樓每層樓的垃圾箱每日清除兩次，分類垃圾總會及時送走，電梯鏡子明亮懾人，大堂地板光潔無瑕。

有天我去地下室取我的腳踏車，碰見路易和他的棒球帽。他正在擦拭一扇門的門把。靠天花板處開了一排氣窗，光線微弱洩下來，我們兩人就像兩組電壓不同的電器，不知所云地寒暄。突然，我意識到這扇門之後就是路易住的地方。他就像《歌劇魅影》住在巴黎歌劇院地下湖一樣住在我們這棟樓的地下室。我一時衝動問他住了多久，沒期待他會回應我的問題，但路易的眸子像停滯已久的機械裝置突然噠噠轉動，明顯聚焦在我臉上，他回答：「喔，媽媽說，路易，你要工作，你要工作養活自己，你去，你去那棟公寓，他們有份工作給你。我就來了。我工作，我養活自己。媽媽叫我，我就做。」

可能是他臉上的神情，或者那些溝渠縱橫的皺紋，讓我無法追問他的媽媽現在哪裡。我問他為什麼天天戴著棒球帽，連室內也不摘下。路易笑了，「新年快樂！」

那天，史太太急著要搬走屋裡的舊床墊，因為她新買的一套床下午要送來。她跑來敲我的門，「你知道路易在哪裡嗎？」我放下我的書，下樓去找路易。但路易是大樓的幽靈，他來無影去無蹤，我不知道怎麼尋找一枚四處飄蕩的幽靈。他不在大堂，不在後面的垃圾回收處，不在雜具間，我遲疑了一會，決定去敲他的房間。他不在裡頭。我只好回去稟告史太太，我找不到路易。她氣壞了，揚言要告訴住戶委員會，提醒他們要注意路易。

史太太七十五歲之後就不慶祝生日了，剛搬來兩年，就為了安心養老，她不能容許這類事情發生，影響大樓的居住品質。史太太極不高興地說，「這個路易待在這裡太久了。他快七十歲了，做事已經不俐落，我們應該考慮讓他退休。」

我後來在大樓前面花圃找到路易。他棒球帽下的額頭汗涔涔，正在幫剛種下的鬱金香花苞包上草蓆，我想起，因為天氣預報週末要下雪。

我靜靜站在路易身旁。好一會兒，他才抬頭，「新年快樂！」我點點頭，「新年快樂，路易。」他馬上低頭繼續手頭的活兒，一直到我走開，他都不曾抬頭。

——選自《無名者》，八旗文化

賞析

「新年快樂！」是路易與人打招呼的慣用語，積極又充滿希望。

通過作者的描述，路易規矩鄭重的形象躍然紙上：明亮的鏡子、光潔的地板，全在路易日日勤懇的照料下，以最完善的狀態，供住戶使用。

敬業認真照顧公寓裡所有住戶的路易，穿梭在大樓中工作，卻是老先生口中「我們不管他」的存在。只有需要做事時，才會被呼喚。長輩們亟欲表現他們的獨立，不承認自己的身體機能、溝通能力正在下降，只有將路易摘出來，「路易就是路易」，才能從自身衰弱的不安中稍緩口氣。

因此，居住在大樓地下室的路易，「必須得」不容易溝通，活得如幽靈魅影般。直到那天，作者取車時，碰見「路易和他的棒球帽」，開啟交談，才有了心靈的互動。至此「路易」在文中，才真正有了靈魂。

從心接觸，是認識一個人的開始。關注他的喜怒哀樂，聆聽他的心聲與故事，能點亮一個人的眼睛。那凝視讓人同理看待：哪些話該說，哪些事莫提。

當史太太揚言要路易退休，藉權力來彰顯自己仍有「能力」時，物我平等的路易，正為了降雪預報，悉心地為花苞包上草蓆。這位七十五歲後再也不肯老的女士，恰恰映襯出路易活得「真我」。他將能力用在照顧花苞，一如他照顧大樓裡的所有人，汗涔涔的臉上，想必是恬靜自在的吧！

延伸思考

1. 你覺得作者為什麼無法追問路易的媽媽現在在哪兒？

2. 路易說：「媽媽叫我，我就做。」守約至今。你呢？我們有路易那樣強韌的心靈與毅力堅持嗎？我們有那樣單純本真的專注嗎？所以下次家人叫你早點睡的時候，你會馬上做嗎？

3. 寫個劇本！基本角色：路易、胡老師、路易的媽媽、老先生、卡洛斯、史太太與鬱金香花苞。注意角色之間的關係，揣摩老人公寓裡人物的心理變化，仔細閱讀作者如何將故事帶到你面前，你如何將劇情以對話推展開來。

作者簡介

胡晴舫，出生於臺北，臺大外文系畢業，美國威斯康辛大學戲劇學碩士。一九九九年移居香港。從事文化評論、小說及散文寫作。在兩岸三地以及新加坡的中文媒體上發表專欄文章。作品《第三人》（麥田出版）獲第三十七屆金鼎獎圖書類文學獎。現任香港光華新聞文化中心主任。著有《機械時代》、《無名者》、《旅人》、《她》、《濫情者》、《辦公室》、《人間喜劇》、《我這一代人》、《城市的憂鬱》、《第三人》、《懸浮》等。

明亮的世界

朱琦

一

我從大陸旅行回來，行囊尚未打開，就不得不坐在電腦前。過兩天就要開學了，雖說旅行前做好了準備，旅途中又每天上網，但此時一打開電子郵箱，來自學校的電子郵件照舊像蜜蜂出巢一樣。斯坦福大學被稱做是矽谷的搖籃，生活在這座校園的人，尤其擅長在電腦前十指飛舞。有時終於回覆完畢，未及起身倒茶，剛剛收到回覆的學生就又拋來別的問題，當真快如閃電。

今秋開學前，來信最頻繁的是一位叫雪莉的女士。她說安東尼秋季要上我的高級漢語班，反反覆覆問我整個學期的授課內容，細微到每一道練習，每一個詞彙。我有些不耐煩了，即使你是安東尼的母親，也不能如此瑣碎。我回覆她說，上課是循序漸進的，以後要做的事情我會直接告訴安東尼。半小時後，雪莉回覆說，你大概還不知道安東尼是個盲人學生，我要給他做盲文。

我慌愧不已，連忙回了一封道歉信。第二天上課，一走進教室就看見盲人學生端坐在那裡，有一張典型的墨西哥人的面孔。看起來，安東尼不僅是我所遇到的第一個盲人學生，也是我所遇到的第一個墨西哥裔學生。我越發擔心了，安東尼能不能跟上課程進度？我將怎麼給他成績？對於一個盲人，怎樣打分才不失公平？

我環視一眼教室，天之驕子，濟濟一堂。斯坦福是小班制，但今年的學生超出了限定人數，總共十八位。如果安東尼跟不上大家，不得不在課堂上提出一些顯然不屬於高級漢語的問題，其餘同學會不會覺得浪費了時間？

第一節課主要是介紹。我介紹了課程和我自己，然後讓大家以中文做簡短的自我介紹。這其實也是我了解學生的時候，了解他們的背景、愛好和簡單經歷，同時也了解他們的口語水平。我看看安東尼，他頭部微側，靜靜聽著，如同凝固的雕塑，只有上耳垂不斷跳動著。

二

「我的中文名字叫范安強」，安東尼介紹自己說：「我是墨西哥裔，在洛杉磯長大。我曾經在山東濟南留學一年，那段日子裡，我跟朋友們四處旅行……。」他從容不迫地說著，純正，清亮，有磁力，簡直是完美無缺。說完笑了，一臉的燦爛，露出一口整齊的白牙。

在他說話前，沒人把眼光停留在他的臉上，我想那是對盲人的尊重。而現在，十七雙眼睛都向他投注過來了，訝異中帶著欽佩。下課的時候，學生們通常都是雙腳如飛，匆匆趕往別的課堂。但這天下課後，有幾位學生在緩緩地收拾書包，其中一位走近安東尼說：「安強，我們一起下樓吧！」

安強說「謝謝」，右手搭在了這位同學的肩膀上。其他幾位本想幫他的同學，不露痕跡，不再多言，悄然離開教室。好像一切都已約定，大家都叫他安強，每次下課時都照例如此。上課的路上，無論在哪兒碰到，同樣是叫一聲「安強」，默默湊近他，安強就很自然地把手搭上來。

這天早晨，我沿著方院裡寬闊的走廊前往教室。走廊長達數百米，幾十個拱形門依次向遠方伸展，柔和的光線照射在米黃色的石牆石柱上。腦子裡正想著安強，安強就出現在走廊裡。他從側面小走廊拐進這大走廊，同班上課的克維婭走在他旁邊。克維婭高挑身材，時髦愛俏，在這秋意已深的早晨，依舊是性感穿著，深綠色磨破褲腳的牛仔短褲，淡紫色露出肩膀的短袖Ｔ恤。安強的右手搭在克維婭白皙的肩膀上，左手拎著探路的盲杖，浮動的光線包裹著他們。我默默地走在他們後邊，安強和克維婭，走廊和陽光，讓我領略了一個美好的早晨。

開學第一課有個新學的詞彙叫「釋放」。那天我對學生說，不要覺得上語言課很辛苦，如果大家把活力釋放出來，把心裡想說的話釋放出來，課堂就會變成愉快的課堂，我們就可以釋放壓力。說這些話的時候，我其實心裡清楚，這是一群既聰明又開朗的學生，很容易營造課堂氣氛，但過不了三個星期，要想讓這些每晚都兩、三點睡覺的學生依舊是談笑風生，只怕連神仙法術都無所施為了。果然，臨近期中考試時，兩眼有神的學生恍恍惚惚，搶著讀課文的學生變成了啞巴。偏偏這時碰到了最難的課文，我問誰來讀，一片啞然。

「老師，我來讀。」安強的手舉起來了，高高的。

「好吧，你來讀。」我暗自感動。當大家搶著讀課文搶著發言的時候，他只是豎著耳朵傾聽。一旦啞場，他就出來說話了。

安強手摸盲文讀著。他沒有視力，聽力卻是驚人。只有把聲音捕捉到入絲入微，才能讀得這樣準確無誤，毫無雜質。至於那種不疾不徐，抑揚頓挫，則不只是仰仗於聽力和口才了。跟安強在一起，你能感覺出優秀的素質。

全班同學看著他，驚訝，感動，欣賞，我想安強的聲音就像生命的樂章一樣滲入他們的內心。下課後，走在樓梯上，白人學生葛凱彬對我說：「老師，安強讀得太好了，真的太好了！」

「謝謝你對安強的幫助，我幾次看見安強搭著你的肩膀走出教室。」

「啊，不，是安強幫助了我。我和安強都是東亞系的研究生，常常上同樣的課，參加同樣的活動。有時候我好累啊，晚上三、四點才睡，早上爬不起來了，不想去了，可是想到了安強，就會去。因為我知道，不管是什麼活動，什麼課，會不會颳風下雨，安強都不會不去。」

我現在明白了，安強那隻搭在同學肩膀的手，不但從同學那裡得到了溫暖，還輸送了生命的力量。

期中口試的話題是「照片後面的故事」，一邊用電腦展示自己珍愛的照片，一邊做口頭報告。安強的照片只有一張，他騎在駱駝上回首而笑，背景是慕田峪長城。他講得開心極了，嘿嘿笑出聲來。

幾天後，葛凱彬來我辦公室，說到安強的口頭報告。他說好是好，如果安強講泰山旅行，肯定更精采。又過了兩天，安強來了，我說我也是不久前上過泰山，很想聽你講講登泰山的故事。

安強坐直身子，愉快地講起來。「二〇〇八年冬天，我和幾個同學，還有人類學老師，坐纜車上了泰山。我們玩了一天，晚上就住在泰山上。」他笑了笑，一如口試時的開心樣子，好像又踏上了旅途。「第二天我感冒發燒，外邊下大雪，寒風猛烈。我們決定繼續登山，走了整整一天。我們玩得好開心。」

他的描述再也簡單不過，一幅泰山風雪、盲人策杖的畫面已讓我心動神搖了。我對安強說，泰山是大氣磅礡的山，上了泰山，人的精神都會飛揚起來，正像孔子說的「登泰山而小天下」，李白說的「精神四飛揚，如出天地間」，杜甫說的「會當凌絕頂，一覽眾山小」。我講著解釋著，安強凝神聽著，上耳垂跳動著，我乾脆把杜甫整首〈望嶽〉詩講給他聽。詩中有一句「決眥入歸鳥」，意思是說睜圓了眼睛，看著山中歸巢、越飛越遠的小鳥。講到這裡，我忽然打住，生怕安強想到他是個全然看不見泰山風景的盲人。

安強頓時嗅出了我的敏感。「老師」，他還是那樣開心地笑著，「我雖然看不見，可我能聽見鳥的叫聲，雪花落在我的臉上，山裡的空氣好新鮮，朋友們玩得真高興。他們的快樂，他們的描述，讓我知道泰山有多麼美。」

「安強，可是不管怎麼說，你那天有點兒冒險。」

安強的神情莊重起來。「那天我只是想，如果能經受這一天，以後有什麼困難，我都不怕了。」

三

由於課文內容的關係，我和學生們幾次討論現代社會和現代人。這些學生大都出生在九〇年代，從童年乃至幼年開始，電腦、網路和手機就與他們難解難分了。人類歷史上，沒人能像他們一樣享受到高科技帶來的便利、富足和刺激，也沒人像他們一樣承受著高科技時代的競爭、壓力和緊張。現代人是不是比從前的人活得快樂？高科技會把人類帶向何方？網路和手機讓人與人更親密還是更疏遠？所有這些問題，都很容易把學生引入討論，最終卻往往找不到結論。

第三課出現一個新詞彙，叫做「惶惑」。學生問我，惶惑與誘惑、困惑有什麼區別。我先做解釋，然後說：「在今天這個現代社會，金錢美女、名車豪宅，各種各樣誘惑我們的東西太多了。生活越來越富足了，欲望卻越來越不能滿足了，結果是競爭越來越激烈了，壓力越來越大了。人生的意義究竟在哪裡？現代人越來越覺得困惑，甚至感到惶惑。」

我還想說一句老子的話「五色令人目盲」，看看安強，忍住沒說。忽然覺得不該把話說得太消沉，便又添加了幾句樂觀的話。我發現這些從小就生活在電腦時代網路時代的天之驕子，每次談到現代社會和現代人，都不免陷入惶惑茫然。只有安強，從來都是積極樂觀的態度。

課外閱讀裡有個愛情故事，我問大家：「你們相信永恆的愛情嗎？」

沒人回答，課堂陷入了沉寂。我不甘心，緩緩地說：「相信的請舉手。」

只有安強的手舉起來了，舉得高高的。

我的辦公室在二樓，樓下一片小園林，正中一把長椅。安強喜歡坐在那兒，罩在一片加州的陽光裡，或者聽錄影，或者讀盲文，滿臉的恬靜、安詳和愉悅。老實說，這是我在人群人流裡都很難看到的恬靜和安詳。我想，安強看不到這個世界，但心目中的世界是明亮的。而視力正常的人們，未必就能擁有一個明亮的世界。這大概就是老子所說的「五色令人目盲吧」！

——選自《聯合報・副刊》（2011.7.24）

賞析

第一節，作者剖析即將指導一位墨西哥裔盲人學生的種種思量。極富感染力的開頭，將讀者的目光緊緊攫住，他內心的自問，是寫照，亦是敘述上先抑後揚的技巧。

安強究竟是什麼樣的人呢？在第二節中，作者以徐然自若的語調，為讀者們介紹安強的美好品質。那十七雙欽佩的眼睛多麼可愛，保有澄澈透明的善意與安靜尊重的體貼，他們的肩膀都有一個可靠的地方，讓人搭引，共同前行。

當作者說出：「安強，可是不管怎麼說，你那天有點兒冒險。」他已全然將安強看作自己的孩子，為他的成長喝采，替他的撲翅疼惜。

但安強的回答再次回響於作者心中：「那天我只是想，

如果能經受這一天，以後有什麼困難，我都不怕了。」

如此簡單而純粹：面對難以抉擇的局面，做出自己不會後悔的決定。

這種純粹並非不經世事的單純，而是第三節裡，從惶惑茫然中走出來的樂觀積極。老子說，「五色令人目盲」。安強的溫暖與快樂是歷經黑暗的光明，純潔而柔軟。

他平和、安穩，活得透澈又明亮。正因行走在黑暗中，心中的世界反而光敞祥和。那種恬靜與穩定，正是促使作者提筆紀錄的動能吧！

明亮的世界／朱琦

延伸思考

1. 在作者的描述裡，安強有種激勵人心的生命力。無論身處多麼困窘的境地，都能平和地面對。這是內心強大堅毅的人，特有的素質。你身邊有這樣激勵你的生命力嗎？無論是音樂、電影或是真人真事，請與我們分享正能量。

2. 你曾在天氣惡劣時旅行嗎？當時發生了什麼不可抗力之事，你如何處理面對？途中有人伸出援手嗎？請與我們分享你在旅途中的見聞趣事。

3. 你曾面臨尷尬誤會的處境嗎？你如何化解當時的棘手狀態？有沒有更好的處理方法？面對責任在己的誤解時，你認同「誠實是最好的應對之道」嗎？如果是你，你會怎麼做？如果責任是在對方，你又會如何處理？

作者簡介

朱琦，著名旅美學者、作家。一九六二年生，北京大學文學博士。先後在美國柏克萊加大東亞語言文學系和史丹福大學亞洲語言文化系任教多年，以隨筆散文和人文演講知名，出版有《黃河的孩子》、《東方的孩子》、《讀萬里路》等隨筆集、散文集。在臺灣出版後登上《聯合報》「每週新書金榜」，曾獲臺灣《中央日報》文學獎、中國首屆老舍散文獎。

明亮的世界／朱琦

住在公園的街友

劉靜娟

一向天亮後才會去公園做晨操，看不到同伴口中露宿的街友。只在去年四月裡，看到棚下長石椅上睡著一個人。他的「身家」還不錯，身上蓋厚夾克，旁邊還有七八成新的旅行箱和手提袋。猜測是新街友。

兩週前，才又見到一個。他已起身，正在收拾可以摺成三截的瓦楞紙「臥床」，睡袋已裝在透明有拉鍊的棉被袋中，和一疊厚紙板放在一輛三輪車貨架裡。顯然這位街友也靠資源回收賺些小錢。而且有三輪車，算是較「豪華」的街民。

我好奇地看他有條有理地綁好厚紙板和棉被袋，同伴小聲說，他今天起「床」遲了。

正說著，不時獨自在公園遊走、做晨操順便看別人有什麼需要的張太太走過來，跟他說，「天氣遮爾（這麼）冷，哪會無愛（為什麼不）去橋跤睏？」

「三更半暝去，無位了。」

不知橋下是指哪座橋？是流浪漢的集散地？多數人有固定的地盤嗎？

「嘛會使去土地公廟仔邊睏，遐（那兒）較閘（擋）風。」她指的是不遠處的廟，熱心的她會去清掃那邊的廁所。

街友不置可否，張太太塞一張鈔票到他手中，「儉儉仔開（用）。」

他道謝。衣著還算清潔的半老男人，要不是露宿公園，其實與一般人無異。

眼尖的同伴說張太太給的是千元鈔。早晨帶大鈔出來，不知是有備而來，還是買菜錢？

我曾送街友毛衣，覺得那比投入舊衣回收箱實際；天冷，也動了出來運動時帶件多餘衣物的念頭，好隨機送暖；可卻還沒有實際行動，更沒有想過送錢。

聽說張太太曾給一位年輕的街友鈔票，他卻婉拒，說不缺錢；父親的遺產，兄弟給了他應得的一份。

每個流浪街頭的人都有他的個性和故事。

以前看過一部電影，好像是傑可尼克遜演的，他就選擇離開溫暖的家，在街頭與街友「相濡以沫」；即使妻女要求，都不回去。二〇一四年繳兩百萬保證金參選臺北市長的趙衍慶老先生據說也喜歡流浪街頭。

張太太那麼自然地與街友互動，讓我很感動。因為憐憫和疑慮，我（們）自動與街友保持距離，不管他／她是否衣衫不整、舉止有異。和孩子們說街友中可能有好腳好手卻「毋討趁」的懶漢，但多半應該只是貧窮的普通人；也許我們應該以平常心對待他們，表示一點關切。

兒子笑道，「你去跟他說話，人家或許還覺得隱私受到侵犯，嫌煩。如果像那年輕街友，不缺錢卻喜歡露宿街頭，說不定還怕和你聊過後，吸引你加入，和他爭床位呢！」

後來有一陣子，沒見到那輛三輪車，卻看到棚下總是停放一輛輪胎消風的腳踏車，後座嚴嚴實實地綁著厚紙板和裝被臥的透明棉被袋；同伴們說這些東西就是先前我看過的那位街友的。他把這兒當住家，固定存放家當，白天騎三輪車出去找可以賣的廢紙、廢鐵、保特瓶。

那腳踏車占地方，也有礙觀瞻。最近兩次去，兩部車都出現了，人則還高臥石板椅上。椅子兩丈多長，中間隔一個柱子；他一次睡「東床」，一次睡「西床」，多餘的家私就擱另一邊床；占用的地盤更大了。

三輪車貨架還伸出長長的歹鐵仔，撞到可不好玩。

同伴們開始嘀咕，說他為什麼不去另一個沒有人做晨操的棚下？那兒有一樣的「床」。

今天，總算看到他起床，慢條斯理地摺床、收被子，紙屑也規規矩矩拿去垃圾箱扔。我於是提起勇氣，委婉地建議他去使用另一頭的棚子，「那邊有矮樹欉，還擋風些。也不必被我們的音樂聲吵到。」他沒做聲，似乎點點頭。

後來，我再沒見到他。去得早的夥伴說他還是在這兒睡覺；但在晨操開始前，就收拾好，離開。腳踏車雖然還是停在棚下，但放得比較「邊陲」，不影響我們運動了。

是個有分寸、可以商量的街友；對他除了同情外，大家有了更多的包容。有一位還說得有趣，「我們這兒人氣旺，他較喜歡啦。」

——選自《國語日報・中學生報》文藝櫥窗（2015.2.5）

賞析

作者記錄與同一場域使用者的互動過程。

一向天亮後才去公園做晨操的作者，少有機會遇到露宿的街友。偶然遇見，在一旁細細觀察的作者，恰巧見到張太太與其自然的互動。

這一幕，讓她心裡感動之餘，反思自己是否可以更自然、同等地與街友互動，而非只是在距離外，抱持憐憫和疑慮。她向家人談起觀察與思索的過程，「也許我們應該以平常心對待他們，表示一點關切。」兒子詼諧以對，提出另一種觀點：尊重街友的隱私。

後來，這位街友使用的公共空間越來越廣，幾乎到占用的地步。公園的其他的使用者們，開始不滿地嘀咕，為什麼他不去另一個沒有人做晨操的棚下？一早，作者見街友晚起，有條理地摺床收被子，將垃圾規矩地收好，是個有底線的人。於是她鼓起勇氣，客氣地上前溝通，請街友移步到另一個棚子，免受她們的音樂干擾。

過後，街友將家私收攏，減少占用的地方，也在她們晨操練習前收拾好，離開。不影響大家運動了。這是位有分寸、可以商量的街友。良好的互動，使得大家更能寬容體諒彼此的處境。

延伸思考

1. 作者記錄不同生活方式的人們互動的過程。我們從文中看到了好奇、觀察與人我相處，基本的彼此體諒與尊重。短文中紀錄了幾種不同的觀點，藉由張太太的實際行動與作者思緒的對比，呈現出理想與實況的差距。在人際互動上，你也曾面臨理想與現況的差距嗎？請與我們分享當時的情況，以及你認為可以做到的最小改善是什麼？

2. 作者將生活感悟與家人分享，從中獲得反饋。家人會與你聊自己對生活的看法嗎？你通常怎麼回應？當你與人分享一件事時，你希望對方的反應是什麼？兩相對照下，你覺得怎樣可以讓你與家人的互動更融洽？

3. 每個人都有他的個性與故事。之所以能共存相處，正是因為我們尊重彼此的選擇，不去評論他人的好壞，只看自己的修持。請練習最簡單的換位思考，如果你是街友，你希望得到什麼樣的對待？

作者簡介

劉靜娟，曾任《台灣新生報》副刊主編及主筆。退休後，閱讀，上網；買菜，煮飯；上書法和繪畫等課程。最持久的興趣仍是寫作。作品以散文為主，長於自庶民生活細節中取材，幽默詼諧、意味深長。已出版著作包括《樂齡．今日關鍵字》、《咱們公開來偷聽》、《歲月就像一個球》、《被一隻狗撿到》、《眼眸深處》、《布衣生活》、《散步去》等二十多冊。曾獲散文類國家文藝獎。

住在公園的街友／劉靜娟

陌生人作業

楊富閔

時間早掃的七點十分，我的掃區是緊鄰學校圍牆的露天大理石樓梯，牆邊植滿一行欖仁樹，牆外是菜市仔尾，停滿小客車，偶爾會撞見母親買菜路過，我就拿著掃帚奮力同她招手。我喜歡那掃區，喜歡上下數階梯，一個人將公共空間的地磚拖洗得明亮如鏡。其時我國小四年級，打開電視不知分由圍繞許多綁票孩童的消息，陸正案已變類戲劇腳本，我還記得當時全臺灣都在抓陳進興。

那男人登場以消瘦身形，身後一臺農用轎車門半開，一隻手勾住牆，一隻手顫抖如素食攤趕蒼蠅的旋轉電扇，懨沉沉向拖地中的我揮來，男人快斷氣般勉強給出對白：「阿弟、弟仔喔……」雙眼凹陷如撞球檯黑洞，臉色陰暗則像仙草凍：「弟仔，來一下，幫我敲電話。」高大欖仁樹攔住陽光，我擒緊拖把環顧四周，心想他是在叫我嗎？

「你幫我敲電話乎阮朋友，我足艱苦……」不遠處市集叫賣聲傳來，我的直覺告訴我又是一隻毒蟲在發作，那陣子學校附近常有吸食強力膠的罪犯騷擾學生，白天昏死大象溜滑梯嚇得沒人敢靠近。

「幫我敲電話……」校內追逐聲疊著新添購的板擦機嗡嗡響，眼前這男人讓我想到娘家也暴怒、也畏寒的大舅，他們是同種人：心靈扭曲，情緒失常、不被了解。

而我身陷危險不自知，不知驚走下樓梯，和男人只剩三公尺距離：

「你卡大聲，我聽不清楚。」臺語國語交錯講，我是認真想幫他。

牆高一公尺半，我一百四十三公分，牆邊努力踮腳尖，我看不見他，只聽見他不斷出聲。

我往上跳，每跳一次，便和他的臉貼近，降落地面，便隔牆問他：

「可是你電話多少呢？」

他語塞，我猜想他神智不清，所以記不得號碼，大舅也是。

「你來外面，先乎你錢，再念乎你聽。」

我說好，但立刻急退三公尺，拉開視線，瞧見他吃力地說聲謝謝的臉，欖仁樹下。

轉身我逃往辦公室找老師去。

那天升旗典禮，訓導主任點名我上司令臺表揚，主任如問案員警：男的女的、年輕老的、衣服款式統統詳述。我被全校師生視作反應靈敏並擅於應變危機的模範生，掌聲海波浪裡實則我嚴重不安，我拋棄毒發的男人——他有被抓走嗎？大舅發作是否也同他那般痛苦，親人不理不睬，抽搐與痙攣與嘔吐。

我失信於陌生人、失信於這陌生的世界。

「小心陌生人」是孩童被告知牢記的警語、靜思語、回家作業。孩童失蹤顯示孩童不再為成人保護，有屬於自己的時間空間，然我們向來低估、壓抑孩童獨處的能力，當他隻身面對花草與毒菇與蛇蠍，那不該只是冒險小說的浮濫套式，我開始嘗試於本土脈絡下理解落單脫隊的孩童，或哥兒們姊妹淘成群結隊的形上意義，相信錯的非貪玩的孩童，錯的是凶險的環境！

小心陌生人於是替自己買一本奇書。小學期末我們攜帶課外書到校自習，我家除了善書，只剩養鴿指南和棒球雜誌，為此特地到愛買找了一本《怎樣保護自己》，那該是父母為孩子挑選的防身書，竟成我執意添購之休閒讀物，生命之隱喻。我不懂保護自己，那書也適讀於我們全家，是受用無窮的求生聖經。

常常我想起幼年時代的加油站、社區公布欄張貼的失蹤孩童海報：敘事以年齡、身高、外表特徵。懼怖之中，我感覺其中一個會是我，失蹤孩童年齡凍結，他們有繼續發育嗎？那海報風吹雨打褪色皺破，我駐足凝視遺失的孩顏，他們好奇電掣的天空，遠方的雷聲，一如牆垣下與毒蟲對話的我。

二十五歲的我走過海報牆，揪心不已，此刻我也是陌生人了。

——選自《我的媽媽欠栽培：解嚴後臺灣囝仔心靈小史2》，九歌出版社

賞析

在熟悉、敞亮的校園圍牆內，一隻陌生消瘦的手探進來。

晨間整頓清潔的時刻，市場喧鬧聲不遠，孩童的純真讓他趨步向前，助人為什麼之本？

高大欖仁的濃蔭下，陽光被攔住，經細心照料，明亮如鏡的公共空間，讓人身陷危險而不自知。

突來的本能與世界對孩童的叮囑，讓擒緊拖把的作者，轉身逃往辦公室。失信的不安卻如影隨形，一再輾壓。那是一瞬成人的開始，彷彿自己是被背棄的模範，慢慢滑入不信任的世道，隨波逐流。

《怎樣保護自己》猶如生之隱喻，與暗處覬覦的雙眼相對，懼怖於海報上褪色的時光，凍結在失蹤的那一刻。

「他們有繼續發育嗎？」

持續成長的作者，走過海報牆時，揪心不已。此刻，他也成為必須提防的陌生人了。

延伸思考

1. 作者善用比喻。比方對陌生男子的形容，多與菜市場的意象相合。例如：趕蒼蠅的旋轉電扇、仙草凍般的臉色，與敘事的地理環境相關。你會如何使用這類技巧在你的作品中呢？

2. 作者紀錄與陌生男子的應答時，採用方言文句。你認為這樣的化用，比起一般的文句記述，有什麼樣的優點？

3. 〈陌生人作業〉中探討孩童的獨處能力，你認為怎樣的方式更能保護自己？你如何教導年紀比你小的弟弟妹妹，面對陌生的世界。請與你的同伴們互相交流，共同完善求生聖經。

作者簡介

楊富閔，臺灣大學臺文所博士候選人。曾獲「二〇一〇博客來年度新秀作家」；入圍二〇一一、二〇一四年臺北國際書展大獎。作品譯有英、日、法文版本。出版小說《花甲男孩》、散文《解嚴後臺灣囝仔心靈小史》（共二冊）、《休書——我的臺南戶外寫作生活》、《書店本事：在你心中的那些書店》。二〇一七年原著小說《花甲男孩》展開系列的跨界製作，改編成電視劇、漫畫書及電影。

國家圖書館出版品預行編目資料

青春關不住／廖玉蕙、林芳妃主編. - 初版 . --
臺北市：幼獅，2018.08
面； 公分. --（散文館；34）

ISBN 978-986-449-116-2（平裝）

855　　107009241

散文館034

青春關不住

主　　編＝廖玉蕙、林芳妃
出 版 者＝幼獅文化事業股份有限公司
發 行 人＝李鍾桂
總 經 理＝王華金
總 編 輯＝林碧琪
編　　輯＝沈怡汝
美術編輯＝李祥銘
總 公 司＝10045臺北市重慶南路1段66-1號3樓
電　　話＝(02)2311-2832
傳　　真＝(02)2311-5368
郵政劃撥＝00033368

印　　刷＝崇寶彩藝印刷股份有限公司
定　　價＝250元
港　　幣＝83元
初　　版＝2018.08
三　　刷＝2021.07
書　　號＝986284

幼獅樂讀網
http://www.youth.com.tw
e-mail:customer@youth.com.tw
幼獅購物網
http://shopping.youth.com.tw/

行政院新聞局核准登記證局版臺業字第0143號